下駄貫の死

鎌倉河岸捕物控

佐伯泰英

時代小説文庫

角川春樹事務所

目次

下駄貫の死

鎌倉河岸捕物控

序章

寛政《かんせい》十一年（一七九九）、晩秋のある日、金座《きんざ》裏《うら》の宗五郎《そうごろう》とおみつ、豊島屋《としまや》の清蔵《せいぞう》ととせの二組の夫婦は、松坂屋《まつざかや》の隠居松六《しょうろく》の古希《こき》の祝いに呼ばれた。

江戸時代、齢《よわい》七十を生き抜くというのは長寿、めでたいことであった。すでに倅《せがれ》の由左《よしざ》衛門《えもん》に老舗《しにせ》の呉服商の実権を譲っての楽隠居である。

商い上の付き合いの人々は遠慮願い、町内の親しい人を呼んでの祝いの席だ。大半が幕府開闢《かいびゃく》以来の古町町人《こまちちょうにん》たちばかりだ、昔話にあれこれと花が咲いた。

宴も二刻《とき》（四時間）が過ぎ、松坂屋が用意した折詰めを手に一人ふたりと帰っていく。

松六に、

「今しばらくいいじゃないか」

と引き止められて、残ったのは金座裏と豊島屋の夫婦二組だ。

「酒はもう十分」

というので茶と甘い物が改めて座敷に運ばれてきた。

「松六様も七十ですか、次は私の番だな」

と思わず清蔵が呟《つぶや》いた。

「清蔵さんは未《いま》だお顔も艶々《つやつや》としてなさる。それに豊島屋の店は清蔵さんなくしては回りますまい。ちと隠居には早いな」

と松六が一蹴《いっしゅう》した。

「ご隠居様、おっしゃられるとおりうちのは、まだまだ尻《しり》っぺたに青いものを残しておりますよ」

とせが、じんわりと皮肉を言った。

「おや、清蔵さんがなあ」

なにも知らない松六が訝《いぶか》しい顔をした。

清蔵はこの夏、御家人《ごけにん》の寡婦《かふ》、引札屋《ひきふだや》のおもんとの恋を経験していた。だが、その恋はおもんが自ら姿を消して、悲恋のうちに終わっていた。

おもんが身を引くきっかけを作ったのは宗五郎だ。むろん宗五郎の行動にはそのような意図は隠されていなかった。

豊島屋ほどの身代《しんだい》、外に一人ふたり好きな女を囲ってもびくともしまい。

悪い女にさえ引っかからなければいいという周囲の考えを斟酌《しんしゃく》した宗五郎がおもんに御《ご》用《よう》の筋との理由をつけて会ったのだ。

おもんは宗五郎の訪《おとな》いに敏感に反応した。

清蔵の老いらくの恋は唐突《とうとつ》に終わった。

松六を除く、この場にいるだれもが承知していることだ。

冗談にまかせて清蔵の女房とせがそのことに触れたのは、清蔵が悲恋から立ち直った証《あかし》とも言えた。

「宗五郎さん、どうも年寄りは性急でいけない。それは承知だが私も古希を迎えて、いつどうなるかもしれない」

「ご隠居、まだまだ松坂屋の内外に睨《にら》みを利《き》かすお立場ですよ」

「親分、おまえさんはまだ若い。私の年になれば今の私の気持ちが分かるようになりますよ」

「おや、ご隠居に叱《しか》られているようだ」

と、将軍家お許しの金流しの十手《じって》の親分が苦笑いした。

「いえね、うちから金座裏に奉公替えした政次《せいじ》の一件ですよ」

「政次がどうかしなさったかな」

清蔵が口を挟んだ。

「豊島屋さんもすでに承知のことと思うが、手代《てだい》の政次を金座裏の手先《てさき》に譲った背景には、宗五郎さんとの間に約束事があった。この場にいる人間は家族同様の仲だ、聞いてもらっても差し支《つか》えあるまいじゃないか、親分」

宗五郎が黙って頷《うなず》いた。

「政次は松坂屋に勤めておればゆくゆくは番頭に昇進して、伊勢《いせ》の松坂の本店上がりに加えられ、江戸の松坂屋を支える一人になったと私は見ておりました。だがな、豊島屋さん、宗五郎親分の頼みを聞いたとき、政次を松坂屋から出すことを決めた」

「ご隠居、政次を宗五郎さんの跡継ぎと考えてよろしいというわけにございますな」

これまで胸の中ではそう考えてきたが、口には出したことのない清蔵が、
ずばり
と聞いた。

「そうだ」

と答えて、松六が訊《たず》ねた。

「宗五郎さん、おまえさんの見込みはどうかと思ってねえ」

「ご隠居、わっしの見込み違いじゃなかったかとお聞きなので」

「そういうことだ」

「ご心配はございません。秋口にもお知らせに上がりましたように神谷丈右衛門《かみやじょうえもん》様から目録を授かりました。いえね、御用聞きに剣術《やっとう》の腕はいらねえといえばいらねえ。だが、わっしが政次に神谷道場の朝稽古《あさげいこ》通いを許した裏には、一つはお上の御用を務める者の腹を作ること、二つ目は御用の忙《いそが》しさの中でどう道場通いを続けるか、見定めたかったからにございますよ。だが、ご隠居、政次はどんなに忙しかろうとも、金座裏から赤坂田町《あかさかたまち》まで通い詰めております。それがこの度の目録につながった」

一座の者たちが頷いた。

「一事が万事だ。数多《あまた》いる手先の中でも十代目を継げるのは政次だけにございますよ、ご隠居」

「それを聞いて私もほっとしましたよ。これでいつお迎えがきてもいい」

「ご隠居、その言葉はちと早うございますよ」

と清蔵が笑いながら、続けて言った。

「私も薄々はそのことを承知しておりました。金座裏の手先は番頭格の八百亀《やおかめ》から若い者まですべてを知っております。だが、金座裏の大所帯を背負って立てるのは政次だけにございましょう」

「清蔵さんの言葉でますます安心しました」

と松六が答え、宗五郎に言った。

「そこでだ、手先たちにこのことを改めて披露する時期にきているのではないかね。いや、親分、おみつさん、私は金座裏にやった政次のあれこれを指図する気はないが、一つ心配なことがあるのだ。大勢の奉公人を使ってきた立場だから分かるんだがね、お店の奉公人も順繰りに出世するわけではありません、一足飛《いっそくと》びに頭に立つ人間も出てくる、そんな使用人がいるからこそお店は栄える。金座裏とてそれは同じことでしょう」

「へえ」

宗五郎もおみつも黙って松六の言うことに耳を傾けていた。

「問題は飛び越されたほうだ。中にはなんだえ、あんな手代が私を抜かして番頭に出世したと不満を持つものもいる。これを放っておくと店が淀《よど》む、腐る。政次の場合は宗五郎さんの名跡《みょうせき》を継ごうという話だ、また一段も二段も違う」

「ご隠居、私の見るところ、金座裏の手先たちは政次の一件を承知していますよ」

清蔵が言った。

「ならば早いほうがいい。政次が十代目の金流しの親分になるということをまず身内にははっきりと披露する。その時点で不満の者が出ようが宗五郎さんが睨みを利かせているうちはせいぜい一人か二人、大半はついてきます。その状態に早く慣らす、納得させるのです。その時期にきておるような気がしてね、口出ししました。年寄りの性急というのはこのことです」

宗五郎は頷き、しばらく沈思してから口を開いた。

「ご隠居、よくお話しいただきました。わっしもおみつも口には出さないまでもそのことは気にかけておりました。おっしゃられるとおりに手先たちにはっきりと申し渡す時期かもしれません。ですが、この一件についちゃあ、寺坂《てらさか》毅一郎《きいちろう》様をはじめ、北町奉行所《きたまちぶぎょうしょ》の方々ともご相談申し上げねばなりません。ちと時間を貸してくだせえな」

「なにも私は今日明日の話をしているのではありません、親分」

どこかほっとした様子の松六が言い、

「これで安心して湯治《とうじ》に行けます」

と言葉を継いだ。

「おや、湯治に行かれますので」

　とせが羨《うらや》ましそうな顔をした。

「倅たちが古希の祝いに湯にでも行ってのんびりしろと申しますのさ。いえね、これについちゃ、小うるさい年寄りとしばらく離れたいという倅夫婦の心積もりと思いますがな」

　松六が苦笑いした。

「どちらに参られますので」

「どうせならば上州《じょうしゅう》の名湯草津《くさつ》にと思いましたがな、衣替《ころもが》えを数日後に迎え、山は雪が降り始めようという季節だ。そこでおなじ上州の伊香保《いかほ》に参ります」

「伊香保なれば中山道《なかせんどう》から大きく外れることもありませんや、のんびりと駕籠《かご》で行かれれば四日もあれば着きましょう」

　と答えた宗五郎が、

「どうだ、おみつ、おめえもご隠居の供で行ってこねえか」

　と誘いかけた。

「伊香保ですか。わたしゃ、行ったことがございません」

「おみつさんが参られるのなら、私も行こうかしら」

　とせも言い出した。

「ご隠居、とせさんにおみつが志願してますが、迷惑じゃあございませんかね」

　言い出しっぺの宗五郎が訊ねた。

「なんの迷惑などあろうか。旅は道連れですよ、大勢で行くほうが楽しいに決まってます。私もね、古女房と手代の供では気が滅入《めい》ると思っておりましたのさ。とせさんにおみつさんが同行してくれるのなら、退屈もせずに湯治が楽しめよう、万々歳《ばんばんざい》ですよ」

松六が俄然《がぜん》張り切った。

「おまえさん、湯治に行ってうちは大丈夫かねえ」

「飯炊《めした》きばあさんもいれば手先もいらあな。なんの心配がいるものか」

宗五郎の答えにおみつが、

「戸田川《とだがわ》を渡るなんて初めてですよ」

と、もうその気になって言い出した。

「おまえさん、しほも誘いましょうかねえ」

さらにとせが言い足した。

「それはいいな」

瓢箪《ひょうたん》から駒《こま》のように伊香保への湯治旅が決まった。

第一話　引き込みおよう

一

七つ（午前四時）発《だ》ちが旅の決まりだ。

まだ暗いうちから小田原提灯《おだわらぢょうちん》をぶら下げた四丁の駕籠《かご》を連ねて、日本橋《にほんばし》から中山道《なかせんどう》の最初の宿場板橋《いたばし》へ向かって賑《にぎ》やかに出立《しゅったつ》した一行がいた。

二丁の駕籠には先達《せんだつ》格の松坂屋《まつざかや》の隠居の松六《しょうろく》と女房のおえい、三つ目の駕籠に豊島屋《としまや》のとせ、最後におみつが乗り、松坂屋の手代《てだい》の重松《しげまつ》と小僧の新吉《しんきち》、しほが同行しての総勢七人の湯治《とうじ》行である。

さらに見送りとして金座《きんざ》裏《うら》の宗五郎《そうごろう》、手先《てさき》の政次《せいじ》と亮吉《りょうきち》、豊島屋の清蔵《せいぞう》の四人が加わったから大行列だ。

とせの駕籠を担ぐのは豊島屋の常連の兄弟駕籠、梅吉《うめきち》と繁三《しげぞう》だから賑やかこの上ない。まるで祭りの神輿《みこし》を担ぐように進んでいく。

「繁三さん、お喋《しゃべ》りはいいが、駕籠が揺れ過ぎですよ」

無口の兄の何十倍も喋る繁三にとせが注意したほどだ。

板橋の平尾《ひらお》宿で川越《かわごえ》街道との追分《おいわけ》を過ぎ、仲《なか》宿の問屋場を抜けたところで、板橋という地名の由来となった石神井川《しゃくじい》に架かる板橋を渡り、下宿《した》を進んで戸田川《とだがわ》の土手に到着したとき、ようやく空が白み始めた。

土手上で一行は止まった。

江戸からの駕籠はここまで、兄弟駕籠だけを残して三丁の駕籠は引き返した。梅吉と繁三の駕籠には清蔵が乗って帰ることが決まっていたからだ。

「さあさあここからがほんとうの道中ですよ。重松、新吉、私たちの荷ばかり気配りするのではありませんぞ。皆さんの荷に注意を払うのです」

と一行の長である松六が同行の奉公人に命じた。

「おみつ、忘れ物はないかえ」

と宗五郎は旅に馴《な》れないおみつに声をかけた。

「私、手形も持ったし、荷も背に負ったよ」

しほはとせの荷を調べ、おみつの様子を確かめと自分はそっちのけの忙《いそが》しさだ。ようやく旅仕度を検《あらた》めたところで土手を徒歩で下り始めた。

「しほちゃんよ、うちのお上《かみ》さんは江戸を離れたことがねえや。右も左も分からねえからよ、よくよく面倒を見てくんな」

亮吉がしほに念を押す。

「亮吉、私は自分のことくらいやれますよ」

菅笠《すげがさ》に杖《つえ》を持ったおみつがいつもとは違う固い口調で応じ、

「旅に出ると水も違うというからね」

とそれでも不安そうな顔で、日頃《ひごろ》信心する浅草寺《せんそうじ》のお札《ふだ》に手をやった。

「まあ、大勢での旅ですよ、気が強かろう。松六旦那《だんな》もおられるからなんでも相談することですよ」

清蔵もとせに言いかけた。

黙したまま一行の持ち物などを目配りしていた政次にしほが、

「伊香保《いかほ》ってどんなところかしら」

と聞いた。

「なんでも古い湯治場だと聞いたことがある。しほちゃん、道中は大変だろうが、あちらに行ったらのんびりすることだ」

「政次さん、朝稽古《あさげいこ》を休ませて悪いことしたわね」

しほは、見送りのために神谷《かみや》道場の朝稽古を休むことになった政次のことを気にかけた。

「先生にはお断りしてきたよ」

その問答を聞いていた亮吉が、

「なんたって鎌倉河岸《かまくらがし》、金座裏、日本橋のうるさ方が旅に出るんだ。見送りしなくちゃ、あとでなにを言われるかも知れないからな」

とうっかりと応じたが、

「亮吉、うるさ方とはだれのことです」

と、おみつに逆《さか》ねじを食らわされた。

「いや、なに、それは言葉の綾《あや》だ」

その場を取り繕《つくろ》った亮吉が小さな声で、

「これだものな」

と、ぼやいた。

戸田川は荒川《あらかわ》の別名だ。

板橋宿から蕨《わらび》宿の間に横たわる川で人馬は船渡しで往来した。

宗五郎は渡し場よりも上流の、朝靄《あさもや》の漂う葦原《あしはら》から姿を見せた女にふと目をとめた。

宗五郎から一丁も離れた河原のことだ、墨絵のような光景に見えた。だが、一方で、

（用でも足してきたのだな）

と無粋《ぶすい》なことを考えていた。

女は背に風呂敷包みを負っただけで、菅笠も杖も持ってはいなかった。といって土地の女ではない。

宗五郎が気にしたのは、女のどこか落ち着かない挙動だった。細かな仕草《しぐさ》が見えるわけではない。だが、全身になにか不安を抱えていることが遠目にも現われていた。

女は渡し場に向かった。

すると女が現われたのとは反対に当たる下流の船小屋の陰から数人の男たちが飛び出してきて、女を囲むように行く手を阻《はば》んだ。

女は一瞬逃げ出す様子を見せた。だが、すぐに逃げられないと悟《さと》ったか、体を凍りつかせた。その全身に恐怖が漂う。

無言劇でも見ているようだ。

宗五郎が警告の声を発しようとしたとき、

「亮吉！」

と叫んだ政次が走り出していた。

政次も女の行動を注視していたようだ。

なにが起こったか分からないまま、手先の本能で亮吉も政次に従った。

宗五郎も、

「松六様、ちょいとお待ちを」

と声をかけてその場に向かおうとした瞬間、女を囲んだ男の一人の手に刃物が閃《ひらめ》き、女の胸を素早く何度か繰り返し刺した。

女は手を虚空《こくう》に差し出し、次に腹を両手で庇《かば》う仕草で刺され続け、その場に崩れ落ちた。

（なんてことが）

宗五郎は走り出した。

政次と亮吉たちが男たちに迫るにはまだ距離があった。

男たちは倒れた女の荷を探っている様子だ。

「なにをしやがる！　御用だ、動くんじゃねえ」

間に合わないと思った亮吉が叫んでいた。

男たちが、
ぎょっ
とした視線を政次と亮吉に向け、女の懐《ふところ》からなにかを摑《つか》み出すと下流に向かって走り出した。

それを亮吉が追い、政次は女の許《もと》へと向かった。

宗五郎も河原に崩れ落ちて身動き一つしそうにない女の所へ走った。

政次がようやく駆け寄り、

「しっかりしなせえ」

と河原に片膝《ひざ》をつくと顔を抱え上げて、話しかけた。同時に目は女の傷口を調べていた。

そこへ宗五郎も駆け寄った。

女の頸動脈《けいどうみゃく》に指を当て、脈を見ていた政次に、

「どうだ」

と宗五郎が声をかけた。

その声に反応したのは政次ではなく、女だった。

「く、くらまえ……」

女は虫の息の下でなにかを言い残そうとしていた。

「くらまえとはおまえ様の奉公先か」

政次の問いに女が薄目を開けた。

その直後、がっくりと顔を政次の腕から落とした。再び脈を調べた政次が宗五郎に首を振った。

お店《たな》の下女か、飯炊《めした》き奉公か。そんな風体《ふうてい》だと宗五郎が思ったとき、

「親分、あいつら、早船を用意してやがった。江戸の方向へと二丁櫓《ろ》で飛ぶように下っていったぜ」

と、戻ってきた亮吉が弾む息で報告した。

「運が悪いことに間があり過ぎた」

宗五郎が呻《うめ》いたとき、松六の一行がやってきた。すでに渡し船を待つ人々が女を取り囲もうとしていた。

「旅の初《しょ》っ端《ぱな》からえらいことですよ」

と驚く松六に宗五郎が、

「ご隠居、気を配って旅をせよという辻占《つじうら》にございましょう」

と言いかけた。

しほはすぐに旅の荷から絵筆を取り出すと、女の人相着衣を描き留めた。

しほは今や金座裏の女絵師として御用に欠かすことのできない存在だった。その手柄の数も一つや二つではなく、北町奉行所《きたまちぶぎょうしょ》からご褒美《ほうび》を貰《もら》ったほどの腕前と勘のよさだった。

「亮吉、ひとっ走り、乗蓮寺《じょうれんじ》前の銀蔵《ぎんぞう》親分に知らせてこい」

「あいよ」

とこちらは身軽が身上の亮吉が土手に向かって一目散に走り出した。

板橋宿の乗蓮寺前でお上の御用を務める銀蔵は、宗五郎の古馴染《ふるなじ》みだ。

その娘のおはると、銀蔵が跡継ぎにと見込んだ手先の仁左《じんざ》の仲人《なこうど》を宗五郎とおみつが務めた仲でもあった。

宗五郎は松六一行の見送りの後、床《とこ》についているという銀蔵の見舞いをと考えていた。

それが思わぬ展開になろうとしていた。

「しほ、人相描きはできたか」

「はい」

しほが描き上げたばかりの絵を数枚差し出した。そこには死んだばかりの女の痩身《そうしん》、縞《しま》模様の袷《あわせ》、細面《ほそおもて》の顔、乱れた髪型などが早描きながら活写されていた。

「さすがにしほだ、一段と腕を上げたな」

と褒《ほ》めた宗五郎は松六に視線を戻して言った。

「ご隠居、こっちはわっしらに任せて、旅にお出かけになって下さいな」

「なんだか出鼻を挫《くじ》かれたようだがそうさせてもらうか」

とどこか鼻白《はなじろ》んだ風の松六が応じ、宗五郎は一行を見回しながら、

「政次、松六様方を渡し場まで見送りねえ。この騒ぎで忘れ物があるかもしれねえ。渡しに乗る前にもう一度見直してもらうんだ」

と命じた。

「御用のことだ、わっしはこれで」

政次に案内されて湯治の一行は渡し場に向かった。

その一行になんとなく豊島屋の清蔵も従っていた。

どこか後ろ髪を引かれる様子で松六たちが渡し場に去っていった。

宗五郎が辺りを見回すと梅吉、繁三の兄弟駕籠屋だけが野次馬の群れの中に立っていた。

「親分、なんぞやることがあるかえ」

繁三が聞いた。

「そうだな、おめえたちは清蔵様を乗せて一足先に鎌倉河岸に戻りねえな」

「駕籠かきじゃあ、御用が務まりそうもねえものな」

繁三が呟《つぶや》くように言った。

「繁三、餅《もち》は餅屋だ。金座裏に面《つら》を出して、八百亀《やおかめ》にこの様子を報告してくれまいか」

「あいよ」

宗五郎は、しほが描き上げたばかりの人相描きを繁三に託し、

「女が死に際にくらまえとだけ言い残した、そいつも報告するんだ。あとは八百亀が心得てらあな」

と付け加えた。

「合点承知《がってんしょうち》だ」

繁蔵が答えたところへ、見送りを終えた政次と清蔵が戻ってきた。

「なんだか、奇妙な顔で湯治に出かけていきましたよ」

と、清蔵が報告した。

「今日一日は落ち着きますまいが、旅に出ればいろいろな出来事があります。そのうち忘れましょうよ」

宗五郎は渡し船を見た。すでに松六たちを乗せた渡し船は川の中央に差し掛かっていた。

小さな影になったしほや小僧の新吉がこちらに向かって手を振っていた。それに繁三と梅吉が応《こた》えて、

「元気で旅を続けなせえよ！」

「お戻りを待ってます！」

と叫んでいた。

その声が届いたのかどうか、もう一度手が振り返された。

陽《ひ》が江戸の方角から昇《のぼ》ってきた。

河原が急に明るくなり、女の亡骸《なきがら》を浮かび上がらせた。

年は二十五、六歳か。

よく見れば整った顔立ちをしていたが肌が荒れていた。それに手も水仕事で荒れているようだ。

宗五郎は首を傾《かし》げた。

どことなく堅気《かたぎ》の女ではないような、

「婀娜《あだ》っぽさと鉄火《てっか》」

の匂《にお》いを全身に感じたからだ。

「政次、あいつらが奪い残したものがあるかもしれねえ。女の持ち物を調べてみろ」

政次が懐から袖《そで》、帯の間を調べた。

その様子を宗五郎はじいっと見ていた。

「親分、なにも残ってないように思えます」

「うーむ」

と宗五郎が答えたとき、河原に足音が響いた。

「金座裏の親分さん！」

顔を上げると仁左が叫びながら駆けつけてきた。

その後ろから亮吉が、戸板を抱えた若い手先と番太《ばんた》を従えて戻ってきた。

「姐《あね》さんが湯治に行かれたそうで、お知らせいただければ渡し場まで見送りに出ましたものを」

と言う仁左は、すでにどことなく御用聞きの貫禄《かんろく》を身につけ始めていた。

仁左はその昔、江戸の御用聞きの手先を務めていたが、理由があって辞《や》めた。そのことを知った板橋の銀蔵が、

「仁左、一度捕り物の味を占めた手先がそうそう簡単に辞められるものか」

と説得して自分の手先に雇《やと》ったのだ。

銀蔵はしばらく仁左の働きを見たあと、娘のはると所帯を持たせて跡目を譲ろうと考えていた。だが、古手の手先たちが新参の仁左が婿《むこ》に入ることに反感を持ち、いろいろと意地悪をしたりした。

宗五郎は銀蔵の相談に乗っておはると仁左との仲人を務め、仁左が銀蔵の跡目になる後見もした。

江戸幕府開闢《かいびゃく》以来の十手《じって》持《も》ち、それも将軍家のお許しの金流しの親分が後《うし》ろ盾《だて》だ。

新参の仁左が二代目になることを嫌った古株の兄貴分二人ばかりが辞めた。だが、仁左は銀蔵の見込みどおりに乗蓮寺の跡継ぎとしての道を歩み始めていた、それが自信になって顔にも体にも溢《あふ》れていた。

「おはる坊は元気か」

「へえ、お陰さまで」

と答えた仁左の視線が厳しくも女の様子を確かめた。

「経緯《いきさつ》は亮吉から聞いたか」

「へえ、いきなりぶすりとやられたようで」

「だが、行きずりなんかじゃねえ。仲間割れかなんかだぜ」

頷《うなず》いた仁左が、

「わっしの勘じゃあ、板橋宿よりはご府内の事件にございましょう」

「女はどこぞに逃げようとして待ち伏せを喰った、そんなところだろうな。厄介《やっかい》を背負い込んだようだが、これも御用だ」

へえ、と答えた仁左が自分の手先たちに指図して戸板に女の亡骸を乗せ、筵《むしろ》をその上に被せた。

板橋の番屋に運ぶのだ。

いつの間にか陽が高く上がっていた。

「清蔵旦那、えらい騒ぎに付き合わせてしまいましたねえ。梅吉と繁三の駕籠で一足先に鎌倉河岸にお戻りになってくださいな」

「親分、私は暇《ひま》ですよ」

捕り物好きの清蔵が心残りの顔で答えた。

「いえね、事件はこの板橋ではございません。まずは江戸と見た。板橋に残られてもこれ以上のものは出てきませんぜ」

「そうかねえ」

それでも未練げな清蔵だったが、

「親分の御用の邪魔になると言うのなら先に江戸に戻りますよ」

とようやく兄弟駕籠に身を入れた。

「梅吉、繁三、気をつけていけ」

「へえっ」

と繁三の声がして、河原から駕籠が江戸に向かった。

女の亡骸を運ぶ一行も板橋番屋に向かった。

「お医師を番屋に呼んでくれまいか」

宗五郎は、女が細身のわりに下腹部がぽっこりと丸みを帯びていたことを気にしていた。それに刺されるとき、女は両手で腹を庇ったのだ。

「やはりお腹《なか》にやや子を宿してますかえ」

仁左もそう考えていたか、即座に答えた。

「まず孕《はら》んでいよう。そのことと事件と関わりがあるかどうか」

その会話を政次が黙したまま聞いていた。

「親分」

と仁左がなにか言いかけた。

「どうしたな」

「いえね、御用が終わった後、うちに寄って下せえな」

「そのつもりで銀蔵親分の見舞いも用意してきた。どうだえ、お義父《と》つあんの具合は」

「へえっ、格別どこが悪いというわけではねえんで、足腰が弱っただけで歩きたがらない。それでまた足腰が弱るという悪い順繰りでさあ。おはるは我儘《わがまま》病だと言ってますがねえ」

「そりゃあ、若い時分の無理が今に出たということだよ。それにおめえが跡目を継いでくれたんで、安心したこともあろうぜ」

「さてそれはどうですかねえ」

と仁左が笑った。

二

乗蓮寺前の銀蔵は寝床に起き上がって宗五郎を迎えた。投げ出した足に布団がかかっていた。

「おみつさんは伊香保に湯治だってな、元気でなによりだぜ」

挨拶《あいさつ》の語調がどこかまどろっこしい。とはいうものの顔色も悪くはないし、やはり長年の無理がたたって足腰にきたということだろう。

「寝ているときいたからよほど悪いかと思ったが、こっちよりもずっと肌の色艶《いろつや》がいいじゃないか」

「孫の顔を見るまではと気力を奮《ふる》い立たせているところさ」

若い時分は板橋宿で、

「徹夜の銀蔵」

と異名をとり、宿場に流れ込む悪党の行動を幾晩も徹夜で見張って、お縄にした意気盛んな御用聞きが苦笑いした。

「そいつは楽しみだ」

宗五郎が言ったところへ、はるが茶を運んできた。どことなく体全体がふっくらとしていた。

「おや、親分の今の言葉といい、来年には家族が増えそうな塩梅《あんばい》だな」

「うちのが言いませんでしたか」

と聞くはるの手が無意識のうちに腹を触った。

「そういや、なにか言いかけたが口を噤《つぐ》んでいたっけな。このことだったか」

「金座裏は仲人だ。素直に言うがいいじゃねえか」

銀蔵がおかしな婿だという顔をした。

「いやさ、ちと言い難いことがあったのさ」

「金座裏の、そりゃあまたなんだえ」

「なにしろ渡し場で殺された女は腹にやや子を宿していたと思えるのだ」

「なんだって」

「なんですって」

と親娘が口々に驚いた。

「まだはっきりしたことじゃねえが、どうもそんな見当だ」

宗五郎が言っているところに仁左が姿を見せた。

「親分、やっぱり女は妊《みご》もっていたぜ」

「なんてことでしょう。母親とお腹の子までも殺したのはどこのどいつなの」

わが身に照らして、はるが怒った。

「殺された女はどうも堅気の者じゃなさそうだ。乗蓮寺と久し振りにのんびり四方山《よもやま》話をしようと楽しみにしてきたが、そうもいかなくなった。この一件、江戸が本命だ、八百亀たちには報告してあるが、こっちも長居をしてられねえや。仁左とおはるに子ができた時分に祝いに戻ってこよう」

「殺しじゃあ、無理は言えねえな」

と名残《なご》り惜しそうな銀蔵が命じた。

「はる、金座裏にせめて朝餉《あさげ》を食べていってもらえ」

「お父つあん、もう膳は用意してあるよ」

「ならばさ、ここに運んでくれ」

銀蔵の寝間で宗五郎は話を続けながら朝餉になった。

政次と亮吉も台所で膳を貰《もら》い、早々にかっ込んだ。

早飯は手先の芸だ。ともかく事件が起これば、親の死に目にも会えないのが御用聞きのつらいところだ。

「乗蓮寺の、孫を抱くにも体力だぜ。足腰も痛かろうが寝床の中で手足を少しでも動かすことだ」

宗五郎の別れの言葉に瞼《まぶた》を潤《うる》ませた銀蔵が、

「金座裏の、おれになにかあったら、仁左とおはるを頼むぜ」

と気の弱いことを言った。

「そんな気が弱いことでどうする。乗蓮寺の銀蔵、まだまだ板橋で睨《にら》みを利《き》かせてくれなきゃあ、困るぜ」

鼓舞するように言った宗五郎は、また来ようと声を残して病間を出た。

玄関先にはすでに政次と亮吉が戻り仕度で立っていた。

「親分、江戸からの連絡次第で女の亡骸を送る手配はいつでもするぜ。それに医師の調べの結果は政次さんと亮吉さんが飲み込んでいなさらあ」

仁左が女の亡骸は板橋の番屋に預かると言った。かたわらからはるが、

「親分、見舞いの品々ありがとうございました」

と礼を述べ、

「お父つあんも急に気が弱くなって。うるさいのも困りものですが、ああ、落ち込んでもねえ」

と嘆いた。

「孫の顔を見れば元気が出ようぜ」

「そうでしょうか」

はるの手がまたお腹に行った。

「仁左、おはる、世話をかけたな」

三人は仁左、おはるの夫婦や手先たちに送られて板橋宿乗蓮寺前を出立した。

刻限は四つ（午前十時）前。

穏やかな日和《ひより》が長い一筋道の板橋宿に散っていた。

「親分、松六様の一行はどのへんを進んでいますかねえ」

亮吉が三人になるのを待ちかねていたように聞く。

「さあて浦和《うらわ》宿あたりかね。ともかく旅日和でなによりだ」

三人はなんとなく板橋外れの坂道の途中で北の空を振り返った。

「銀蔵親分は喜んでおられましたかえ」

「孫が生まれる一件か、それを楽しみに生きている様子だったな」

「乗蓮寺も二代目に続いて三代目が生まれる、万々歳《ばんばんざい》ですね」

亮吉が年に似合わない言葉を吐いた。

「子が生まれるというおめえの言葉で思い出したぜ。お医師はどんな診立《みた》てだ」

宗五郎が御用の話に戻した。

「それがいけねえや、片足を半分早桶《はやおけ》に突っ込んでいるような年寄り医者が来やがった。おれたちが教えてよ、ようやく女が妊っていることに気付く塩梅だ」

「産み月はいつだと言ったな」

「およそ来春だと答えやがる。それくらいならばおれだって診立てるぜ」

医師の検死に不満を抱いていた亮吉は、どうやら仁左の手前、黙って我慢していたらしく、宗五郎に滔々《とうとう》と言い立てた。

「身丈は五尺一寸余、痩《や》せた割には足腰がしっかりしていたぜ。年は水っけのある肌の張りからみても二十四歳前後かな」

「女は人の女房か、それとも仕事を持っていたか。亮吉親分の診立てはどうだ」

「亮吉親分だって、悪くねえな」

と顎《あご》を撫《な》でながら亮吉が答えた。

「裏長屋暮らしの女房かな。亭主はやくざ者か、鳶《とび》のような伊達《だて》商売だな」

「ほう、それはまたどうしてだ」

「親分、検死で一つだけ収穫があった。女の内股《うちまた》に素人《しろうと》の手でよ、なんじろう命、と彫られていた。赤子の父親がなんじろうというのだろうよ」

「素人の彫り物か」

女郎などはしばしば惚《ほ》れ込んだ間夫《まぶ》の客と、指の間や内股など他人に知られない場所に互いの名を彫り込むことがあった。

「彫られたのは最近か」

「彫り傷は消えていたが、墨の乗り具合からこの数ヶ月と思えるのさ。しほちゃんほどうまくはいかねえが写してきたぜ」

「やくざ者の女房、な」

宗五郎は政次を誘うように呟《つぶや》いたが、結局亮吉に報告を任せて政次は一言も発しなかった。

三人が金座裏に戻りついたのは昼前であったが、見回りの途中の北町奉行所定廻《じょうまわり》同心《どうしん》の寺坂毅一郎《てらさかきいちろう》が立ち寄っていた。

「宗五郎、湯治の一行を見送りに行って、殺しに出くわしたそうだな」

寺坂の相手をしているのは金座裏の番頭格の八百亀だ。

「へえっ、戸田川の渡し場近くで殺しに行き合いました。もそっと近ければ止められたのですがねえ。お腹の子と一緒に死ぬ羽目にしてしまいました」

「なにっ、女は身籠《みごも》っていたか」

宗五郎は見聞したことを毅一郎に報告した。

「なんてこった。それにしても情容赦《なさけようしゃ》のねえ殺し方、女の婀娜《あだ》っぽい様子《なり》、内股の彫り込みときちゃあ、素人女ではなさそうだな」

寺坂が言うと、八百亀が口を開いた。

「くらまえ、と女が言い残したと聞いて、下駄貫《げたかん》たちにしほちゃんの描いた人相描きを持たせて、蔵前《くらまえ》筋の大店《おおだな》を聞き込みに当たらせてます。だが、どうも見当が違うようですね」

八百亀は、女が、

「くらまえ」

と言い残したとの親分の伝言を兄弟駕籠の繁三から聞いて、蔵前の札差《ふださし》の女中と推測したようだ。

「いや、悪くねえ勘だぜ」

「大店で婀娜っぽい女を奉公人に雇いますかねえ」

「当今飯炊き女なんぞのなり手がねえそうだ。意外とかたいお店の裏にこんな女が潜《もぐ》り込んでねえか」

「宗五郎、女の身許を引き込み女と見たか」

寺坂毅一郎は宗五郎の口調でそう見当をつけたようだ。

引き込みとは、強盗一味が前もって狙《ねら》いをつけた家に仲間の一人が飯炊きや下女として住み込み、仕事《つとめ》の手引きをする役目だ。

「確証はありませんがねえ、そう見ました」

「近頃の強盗ときたらいきなり押し込んで力任せの仕事をしていきやがる。引き込みを入れての仕事《つとめ》をする悠長な一味がいたかな」

狙いをつけたお店に一味の人間を入れて、諸々の事を調べた上で押し込みに入るとなると時間も費用もかかる。

「聞いたことがございませんね」

と首を傾げながら宗五郎が言った。

「もしこの女がわっしが見当をつけたように引き込み女としましょうか。しかし、それだけ念の入った仕事《つとめ》と河原の殺し振りがどうもぴったりとしないので」

引き込みを入れる強盗一味の頭分には昔気質《かたぎ》の、

「殺さず、犯さず」

を身上にしている者が多い。

押し入られたお店の家族奉公人が気付かないうちに蔵を破り、金子《きんす》を運び出す。その折、血を見ることも押し入った家の女に悪戯《いたずら》することもなく、仕事を終えるのが昔気質の盗人《ぬすっと》の矜持《きょうじ》であり、これを金科玉条《きんかぎょくじょう》としている頭分が一味を統率していたのだ。だが、近頃ではそんな引き込みやら血を見ない仕事はまどろっこしいばかり、いきなり刃物を振り回しての乱暴な強盗が多くみられた。

「ともかく金座裏の推量が当たっているならば、どこぞで一味が押し込みを働くぞ。奉行所に戻り、調べてみる」

と寺坂毅一郎が立ち上がった。

「わっしらは蔵前を中心に女の身許を割り出します」

「頼もう」

毅一郎がそう言い残して金座裏から消えた。

この夕方、鎌倉河岸の豊島屋に龍閑橋《りゅうかんばし》際の船宿綱定《つなさだ》の船頭彦四郎《ひこしろう》が顔を出すと清蔵がどこか気の抜けた顔で兄弟駕籠の繁三と梅吉の相手をしていた。

「旦那、ご一行は無事伊香保に発《た》ちなさったか」

「おや、彦四郎か。発つのは発ったが戸田の渡しで一騒ぎだ」

「だれぞがやっぱり行かねえと愚図《ぐず》りましたか」

「そんな言葉を吐くようでは政次にも亮吉にも会ってないようだな」

「だってさ、今朝《けさ》はなんだか朝から馴染《なじ》みの客ばかりでよ、大川《おおかわ》を何度渡ったか知れねえや」

「見送りに行ってさ、殺しの現場に行き合わせたのだ」

清蔵と繁三が交代で戸田の渡しの殺しを彦四郎に話して聞かせた。

「いくら金座裏の姐《あね》さんが湯治行に加わったからといってよ、殺しに出くわすこともあるめえに」

と答えた彦四郎が、

「おれも見送りに行きたかったな」

と嘆息した。

「今日は政次も亮吉も姿を見せないかねえ」

「いや、来るね。事件は江戸が本命だと宗五郎親分は、この清蔵を一足先に板橋から戻しなさったのだ。その後の話を報告に来るのが金座裏の礼儀、筋というもんですよ」

清蔵が、なんだか分かったような分からないような理屈を述べた。

豊島屋の店は相変わらず鎌倉河岸界隈の住人たちで混んでいた。だが、大旦那と兄弟駕籠の卓だけはどことなく寂《さび》しげだ。

「しほちゃんもいねえ、内儀《おかみ》さんもいねえ。なんだか火が消えたようだぜ」

ぼやく彦四郎のところに庄太《しょうた》が酒と田楽《でんがく》を運んできた。

「庄太、おめえには誘いがかからなかったか」

「小僧が湯治なんておかしいや。あれは年寄りが行くものですよ」

「庄太、年寄りが行くものと言うか。ならば大旦那はどうしてここにいなさるんだ」

と言う彦四郎の言葉に、繁三がついうっかりと相槌《あいづち》を打ってしまい、

「繁三、おまえにいくら貸しがあるか思い出させようか！」

と清蔵に怒鳴られた。

「旦那、来たぜ」

彦四郎が戸口に目をやった。

思いもかけずに早くに姿を見せたのは亮吉と政次だ。

「殺しの探索は江戸に移ったんじゃねえのかい」

「蔵前を中心によ、おれたちも昼過ぎから加わって女の奉公先を探し歩いていたんだが、なかなか網に引っかからねえや。親分は考えるところがあるのか、今日は早めに切り上げて、豊島屋の旦那に板橋から一足先にお戻りいただいた詫《わ》びを言ってこいと政次とおれに勅使《ちょくし》を命じなさったのよ」

「勅使って面《つら》か」

彦四郎が幼馴染《おさななじ》みを少しばかり見上げた。

空樽に腰を下ろした彦四郎と立った亮吉の背はそう変わらない。なにしろ彦四郎は六尺を超える長身で、片方はとび抜けたちびときている。

「亮吉、今聞いていりゃあ、探索の目処《めど》がついてないというじゃないか。金座裏の宗五郎ともあろう親分がそんなことでどうする」

「旦那、殺しは今朝のことだ。身許もまだはっきりしねえ事件だぜ。早々に探索の目処がつくものか」

「殺された女がいるじゃないか」

「だからさ、死人に口なしだ。もう少し喋り残してくれてればおれたちも豊島屋に神輿を下ろしちゃあいないよ」

「他に分かったことはないのか」

「旦那、あれば話すよ」

死体に男の名の彫り込みがあったことはさすがに亮吉も喋らない。

「仕方がない。今日は飲ませてやる、その代わり、明日から精出して働け」

清蔵がようやく納得して、庄太が二人の酒と田楽を運んできた。

「お二人さん、熱燗《あつかん》と田楽二丁！」

亮吉は手酌《てじやく》で酒を大ぶりのぐい飲み茶碗に注《つ》ぎ、政次は田楽の皿を抱えた。

「こいつばかりはしほちゃんがいてもいなくても美味《うま》いや。よそでは飲めない酒だな」

「当たり前です。豊島屋の酒は灘伏見《なだふしみ》の下《くだ》り酒《ざけ》の上物、よそ様と比較になりません」

「旦那、松六様方はどちらに泊まりかねえ」

亮吉もそのことを気にした。

「女連れの旅です、上尾《あげお》宿までは行くまい。精々大宮《おおみや》宿泊まりかねえ」

「大宮か。行きてえな」

「亮吉、おめえは旅に出たいのか。それともしほちゃんと一緒にいたいのか」

「そりゃあ、じい様ばあ様と一緒よりさ、しほちゃんと湯治に行けるなら、どんなに嬉《うれ》しかろうぜ。彦四郎も同じ考えだろうが」

　彦四郎が、

「政次はどうだ」

と、考え事をしている表情の政次に向けて亮吉の問いを振った。

「一人ふたりよりも大勢の旅が私には合っております」

政次が無意識に答えていた。

亮吉にどやしつけられて政次がふと我《われ》に返った顔をした。

「政次、しっかりしねえ。なにが私には合っております、だ」

政次、亮吉、彦四郎と鎌倉河岸裏のむじな長屋で育った幼馴染みだ。

が、政次は老舗《しにせ》呉服屋の松坂屋の奉公に、亮吉は金座裏の宗五郎の手先に、彦四郎は船宿綱定の船頭にと道が分かれて、政次はお店奉公の言葉遣《づか》いに厳しく直された。

　その丁寧《ていねい》な言葉遣いは金座裏の手先に鞍替《くらが》えしても続いていた。

「なにを考えてやがった、どうせしほちゃんのことでも思っていたろう」

　亮吉に決めつけられた政次は、照れたような笑みを浮かべて、

「まあ、そんなとこだ」

と答えた。

が、このとき、政次が考えていたのは殺された女が言い残した、

「くらまえ」

が、

「御蔵前通り」

の蔵前かどうかということだった。

三

御城の西の御門半蔵《はんぞう》御門前から外堀の四谷《よつや》御門を越え、大木戸に向かって、一丁目から十三丁目まで長い麴町《こうじまち》の通りが続いていた。

政次と亮吉が豊島屋で彦四郎と会った翌朝、政次は赤坂田町《あかさかたまち》の神谷丈右衛門《かみやじようえもん》の道場で朝稽古に汗を流した。

一刻《とき》（二時間）余りの稽古を終え、道場を出た政次は御城の堀端を左回りに急いで金座裏へと駆け戻ろうとした。

まだ夜は明け切ってはいなかった。

政次の鼻先、神谷道場の前を南町《みなみまち》奉行所と書かれた御用提灯が半蔵門のほうへと走っていった。

政次はすぐにその後を追った。

南町奉行所の御用提灯を持つ男は政次と同業、溜池《ためいけ》の権造《ごんぞう》親分の手先たちであったが、金座裏と赤坂田町ではかけ離れ過ぎて、顔も名も政次の知らない連中だった。

政次の耳に走りながら会話する声が聞こえてきた。

「薬種問屋に押し込みか、苦い薬なんぞ持っていってどうするんだ」

「ばか野郎、鞍前屋《くらまえや》はお医師相手で名代《なだい》の薬種問屋だ、蔵には千両箱が山積みだって噂《うわさ》だぞ！」

政次の背筋が凍りついた。

三丁目と四丁目の境は元山王《もとさんのう》から上がってくる通りとぶつかり、その辻の角には老舗の薬種問屋、鞍前屋五兵衛《ごへえ》の重厚な造りの店があった。

小売りではない、医者や薬屋相手の商いだ。だから、その名はあまり広く江戸の人々に知れ渡ってはいなかった。

いわば知る人ぞ知る薬種問屋だ。

「金だけ盗まれたか」

「さあてな、あの番太の慌て振りじゃあ、行ってみなきゃあ分かるめえ」

戸田川の渡し場で女が、

「くらまえ」

と言い残したのは鞍前屋のことではなかったか。

先を行く手先二人は近江彦根藩《おうみひこね》の上屋敷前の坂を駆け上がっていこうとしていた。桜田《さくらだ》堀に面するこの界隈はさいかち河岸という。その昔、さいかちの大木が植えられていたからこう呼ばれたのだ。

番太が事件を知り合いの御用聞きの家に知らせ、二人の手先が親分に命ぜられた現場に駆けつけているところのようだ。

政次は大名屋敷の間を抜ける西側への道に入り込み、猛然と駆け出した。

元山王の通りに抜けて、二人より先に麴町へと辿《たど》りつこうと考えたのだ。

地元の御用聞きの鼻を明かす気はないが、戸田川の一件があった。

なんとしても先に現場を覗《のぞ》いて、その関わりを調べたい一心が政次を走らせていた。

この界隈、金座裏の縄張り内ではない。

地元の御用聞きが仕切る現場へ縄張り外の御用聞きが入っていくのは面子《メンツ》の問題もあってなかなか難しい。

だが、縄張り外の御用聞きであっても先に現場に踏み込めば、それは事件の探索の権利を得たものとみなされる習わしが御用聞きたちの間にはあった。

政次が必死で走るのもそういう理由からだった。

元山王の通りに出た。

平川《ひらかわ》町の裏長屋から仕事に出向く職人が朝靄《あさもや》をついて歩いてきたが、血相を変えて走る政次を立ち止まったまま啞然《あぜん》と見送った。

鞍前屋の店に辿りついたとき、まだ二人の手先の姿は見えなかった。

角に建つ鞍前屋は漆喰《しっくい》造り二階建ての堂々とした店構えである。

軒に金看板がかかり、

「唐和薬種問屋鞍前屋」

とあった。そして、腹痛の薬の看板には、

「熊胆香草丸《くまのいこうそうがん》」

という文字が読めた。

砂糖も香具も合わせて売買しているようでその看板も見えた。砂糖は江戸時代には薬の一種としても扱われていたのだ。

大戸が閉じられていたが、臆病窓《おくびょうまど》が嵌《は》め込まれた通用口が開かれている。

政次は弾む息を整えながら、通用口を潜《くぐ》って中に入った。

薬の匂いに混じって血の匂いが鼻を突いた。

(なんてことだ)

表から射し込む薄明かりに、番頭らしい男が上がり框《がまち》に倒れているのが見えた。

寝巻きの背中が染みて黒ずんでいた。

表から侵入した強盗《おしこみ》一味に気付き、奥へ逃げ込もうとしたのか、それとも大声で注進しようとしたのか、その背中を無慈悲にも刺し貫かれていた。

政次は大きく深呼吸すると息を整えた。草履《ぞうり》を脱ぐと懐に入れ、注意深く足元を見ながら奥へと進んだ。

店の天井まで、薬の引き出しがびっしりと並んでおり、それぞれに名札が張ってあった。大黄《だいおう》、細辛《さいしん》、阿仙薬《あせんやく》、石斛《せきこく》、阿膠《あきょう》、貝母《ばいも》、独活《どくかつ》、甘草《かんぞう》など唐《から》から渡来した漢方薬の名が見られた。

一味は薬まで関心を示したか、いくつかの引き出しが開けられていた。その中には乾燥させた薬草の根っこが入っていた。

政次は中身を確かめると引き出しを閉めた。

階段下に手代が倒れていた。すでに事切れているのは硬直した体が示していた。

さらに奥へ進もうとすると通用口に人影が立ち、提灯の明かりが射し込んできた。

「だれだ、てめえは!」

手先の一人が叫び、腰の十手を抜き出して構えた。

政次はゆっくりと振り向き、御用提灯を見た。

もう一人の手先が飛び込んできて、血に塗《まみ》れて倒れている番頭の姿に凝然《ぎょうぜん》とした。

「ご苦労様にございます。私は金座裏の宗五郎の手先にございまして、親分の命《めい》で鞍前屋を見張っていたのでございますが、うっかりと先を越されてしまいました」

無念そうな表情で政次が言った。

「なんだって金座裏が麹町まで伸《の》してくるんだ」

手先の一人が腹立たしそうに吐き捨てた。

「ちょっと曰《いわ》くがございますので。兄さん方はどちらの親分さんのお身内にございますか」

「赤坂田町の溜池の権造親分の手下だ」

「溜池の親分さんのお身内でしたか。神谷丈右衛門先生からお名前はよく伺《うかが》っております」

「おめえは剣術の神谷先生の知り合いか」

「弟子の一人にございますよ」

手先たちは、金座裏の宗五郎の手下で神谷道場の門弟と名乗った政次をどう扱っていいか分からず、顔を見合わせた。

「兄さん方、権造親分には後でお許しを得ます。邪魔はしませんから一緒に現場を見させて下さいな」

政次の落ち着き払った態度に気《け》おされたか、二人は黙って頷いた。

三人の手先たちは御用提灯の明かりで奥に進んだ。廊下にも部屋にも血塗れの奉公人が刺し殺されて倒れていた。

帳簿が散らばり、帳場机や薬壺《つぼ》が転がっていた。あちらこちらに土足の跡がついていた。その跡には血に染まったものもあった。強盗一味の草履が血に染みるほどの残虐《ざんぎゃく》非道な手口だった。

(強盗の一味は十人ほどか)

と政次は押し込んだ人数を推測した。

権造親分の手下の一人はあまりの惨《むご》たらしさに気分が悪くなったか、提灯を仲間に預けて表に飛び出していった。

吐き気を催《もよお》したのだ。

残った一人の手先と政次はさらに奥へと進んだ。

奥の間で鞍前屋五兵衛の家族らしき四人が惨殺されていた。主の五兵衛は、と探すと開け放たれた蔵の戸口に中年の男が倒れていた。

「五兵衛の旦那だ」

と手先が呟いた。

家族から奉公人全員を問答無用に皆殺しにして、五兵衛に鞍の錠を開けさせ、蔵の千両箱を強奪していったようだ。

そこへ、

「玉吉《たまきち》、五兵衛さん一家はどうしなさった」

としわがれ声が響き、初老の十手持ちが政次たちの調べていた座敷に入ってくると、政次を険《けわ》しい目で見た。

「おめえはだれだ」

「これは溜池の親分さんでございますか」

政次は丁寧に腰を折って名乗った。

玉吉と呼ばれた手先が政次のことを告げた。

「なに、この事件《やま》は金座裏がもう手をつけていたものか」

「はい。ちょっと曰くがございまして、その辺のことは宗五郎が後ほど溜池の親分さんにご挨拶《あいさつ》いたすことと思います」

溜池の権造は嫌《いや》な顔をしたが、

「金座裏の宗五郎」

の名を出されて面と向かって楯突《たてつ》ける御用聞きはいなかった。なにしろ江戸幕府開闢以来の御用聞きの上に、将軍家お許しの、

「金流しの十手の親分」

なのだ。

「鞍前屋はうちの縄張り内だ、そいつを金座裏にもよくよく言ってくれよ」

「承知しましてございます」

政次は溜池の権造親分の調べに加わって、逐一《ちくいち》事件の概要を知ることができた。通いの番頭の米蔵《よねぞう》が呼ばれ、その話も聞くことができた。そこで、

「私はこれで」

と権造親分に挨拶すると、権造に鑑札《かんさつ》を与えている南町の定廻同心が到着する前に政次は姿を消した。

政次が金座裏に戻ったのは四つ（午前十時）の刻限で、宗五郎の前には下《した》っ引《ぴ》きの髪結《かみゆ》いの新三《しんざ》と旦那の源太《げんた》がいた。

下っ引きとは身分を隠して町中からいろいろと情報を仕入れてくる役目だ。髪結いは文字どおりに髪結いが本業、旦那の源太は近江の伊吹山《いぶきやま》のもぐさを売り歩くのが表向きの仕事だ。恰幅《かっぷく》がいいので、旦那と呼ばれていた。

手先たちは昨日に続いて蔵前界隈の探索に出ていた。

「政次、なんぞあったようだな」

「戸田川で殺された女の身許が知れました」

「なんだと」

しほの描いた人相描きを通いの番頭の米蔵に見せて確認した話だった。続けて政次は事件に遭遇した経緯を語った。

「くらまえを蔵前と決めつけたのはおれの早とちりだったか」

宗五郎が後悔の声を上げ、政次に先を促《うなが》した。

「女の名はおよう、桂庵《けいあん》(口入屋《くちいれや》)を通して鞍前屋の飯炊き女で雇われたのが半年も前のことだそうです。そのとき、信州沓掛《くつかけ》宿の生まれで二十五歳と自ら説明したそうにございます。桂庵は牛込《うしごめ》御門近くの船河原町の左五平《さごへい》屋で、番頭の一人が飲み屋で出会ったおように色仕掛けで頼まれて口利きをしたのです。ですから、信州沓掛宿生まれというのもあてにはなりません」

「まさか鞍前屋の奉公人になんじろうなる者はいめえな」

「おりません」

「およようが姿を消したのはいつのことだ」

「米蔵の話では三日前の昼前にちょいと買い物に出てくると言って出かけたままだそうです」

「そのおようが戸田の渡しから向こう岸に渡ろうとして仲間に見つかり、殺されたのが昨日の夜明けのことだ。そして、その夜には鞍前屋に押し込んでやがる、やることが素早いな、糞《くそ》っ！」

　宗五郎が自分を叱《しか》りつけるように吐き捨てた。

「鞍前屋五兵衛の一家五人に住み込みの奉公人七人が皆殺しにございます。最初から口封じに殺すことを決めていたようで、見たところまったく迷いがありません。大半は突き殺されておりましたが、抵抗した様子の奉公人は首筋を鮮《あざ》やかに刎《は》ね斬《き》られておりました。一味に腕の立つ侍が加わっているとも考えられます。また盗まれた金子《きんす》はおよそ三千数百余両に上《のぼ》ろうと番頭は申しておりました」

　政次の報告に、宗五郎も二人の下っ引きも言葉もない。

「親分、引き込みを入れてお膳立てを整えた強盗一味がなぜ急ぎ働きに転じたのかねえ」

　旦那の源太が疑問を呈した。

「そいつが分かればこの事件は解決しようぜ」

　と答えた宗五郎が、

「政次、金子の他に盗まれたものはねえか」

と聞いた。

「薬を入れた引き出しが開けられておりましたので米蔵さんに聞きますと質のいい唐渡りの人参《にんじん》、麝香《じゃこう》、伽羅《きゃら》が消えているそうにございます。捨て値に売っても二、三百両は下るまいと言っておりました」

「唐から渡来した人参に伽羅、麝香か」

宗五郎は二人の下っ引きに、

「人参や伽羅が江戸の町に出ねえともかぎらねえ、気を配ってくれ」

と命じた。

二人が請け合ったとき、八百亀と亮吉が戻ってきた。

「親分、女の影もねえな」

亮吉がうんざりした顔で言った。

「八百亀、亮吉、すまねえ。おれの見当違いで無駄足を踏ませたな」

と詫《わ》びた宗五郎が、政次からもたらされたばかりの新展開を語り聞かせた。

「麹町に鞍前屋なんて薬種問屋がありましたかえ」

「八百亀、武家相手のお医師が客だ。おれもついうっかりしていたぜ」

「よし、こうなりゃあ、蔵前組の探索を打ち切ってようございますね」

政次と亮吉が立ち上がった。下駄貫ら手先たちを呼び戻すためだ。

「ご苦労だがそうしてくれ」

二人の手先が金座裏から飛び出していった。

「親分、政次の朝稽古の徳に助けられた」

八百亀が政次がいなくなったのを確かめ、言った。

「まったくだ。溜池の権造の畑を荒らすようで悪いが、こいつばかりはうちで目処をつけるぜ。そうしなければおようも浮かばれめえ」

「溜池に挨拶をしなさるかえ」

「皆が戻ってきたら、おれが政次を連れて溜池に出向こう」

「親分、おれはこれで」

髪結いの新三が道具箱を手に立ち上がった。

「もぐさ売りのおれが唐渡りの人参を見落としたとあっちゃあ、形無しだ。せいぜい耳と目を凝らそうか」

と旦那の源太も、新三と一緒に金座裏から消えた。

四半刻《しはんとき》(三十分)後に金座裏の手先たちが戻ってきた。

宗五郎は新しい展開を説明し、浪人者を加えた一味が潜《ひそ》みそうな旅籠《はたご》や塒《ねぐら》の捜索を指示した。

「おようを殺した連中は二丁櫓を使いやがった。野郎どもの隠れ家が水辺にありそうな気もする、ここんところを飲み込んで探せ」

台所には、宗五郎と住み込みの手先たちの飯の仕度がされていた。

おみつは自分が留守の間、宗五郎たちが三度三度の食事に困らないようにと、飯炊き女の数を増やして手《て》筈《はず》を整えていたのだ。

八百亀を筆頭に大勢の手先たちが競争で昼飯の煮込みうどんと握り飯を頬《ほお》張り、また町に散っていった。

その後、宗五郎は政次を伴い、赤坂田町に向かった。

が、その前に北町奉行所に立ち寄り、寺坂毅一郎の上役の与力《よりき》牧野勝五郎《まきのかつごろう》に面会しようとした。

寺坂は町回りで奉行所にいないことを承知していたからだ。が、牧野も留守であった。

どうしたものかと内玄関の前で思案する宗五郎に声がかかった。

「金座裏ではないか」

吟味方《ぎんみがた》与力の今泉修太郎《いまいずみしゅうたろう》だ。

「今泉様、ご無沙汰《ぶさた》しております」

「互いに忙しいでな」

宗五郎は若い時分、修太郎の父親宥之進《ゆうのしん》から御用のいろはを叩《たた》き込まれたのだ。

「なんぞ用事か」

「今泉様、ちょいと厄介《やっかい》な押し込みが流行《はや》りそうなので」

宗五郎は鞍前屋の事件を報告した。

「その話、南町が手をつけたそうだな。金座裏が関わっていたか」

修太郎は事件そのものは承知していたが、内容までは知らない様子で、

「そなたが心配するようにこいつは一件だけではすむまいな」

と言い切った。

「で、ございましょう」

「よし、北町でも一味を追い出しにかからせる」

「お願い申します」

修太郎がふと政次に視線を向け、声をかけた。

「そのほう、松坂屋の手代だった政次だな。頑張っておると寺坂から聞いておる」

「今度の一件は政次の機転に助けられました」

と、宗五郎がその説明をした。

「南町との争いになるだろうが、戸田川の一件もあることだ。なんとしても北町でけりをつけるぞ」

「承知しましてございます」

吟味方与力今泉修太郎の激励を受けて、宗五郎と政次は勇躍赤坂田町に足を向けた。

四

大川の河口近く、亀島川《かめじま》の支流である新川は万治《まんじ》年間（一六五八～六一）に河村瑞賢《かわむらずいけん》によって開削された運河で、長さ五町二十四間、幅は九間から六間であった。

この短い運河に一ノ橋から三ノ橋まで三つの橋が架かり、北側を北新河岸、南を南新河岸と称した。

南北の河岸は上方からの下り酒が荷揚げされるところとして知られ、酒問屋が軒《のき》を並べて繁盛していた。

江戸湾沖に停泊した樽廻船《たるかいせん》から荷船《はしけ》に積み替えられて、新河岸に運び込まれるのだ。

江戸期を通じて上酒は下り酒とされ、新酒の季節は新川沿いが一段と活況を帯びた。

享保期《きょうほう》、江戸に入荷した酒は八十万樽に及んだという。

おりしも新酒を積んだ一番船がそろそろ江戸に入ってこようという時期、新川の酒問屋二十数軒は今か今かと新酒の到来を待ち受けていた。

この下り酒を扱う酒問屋でも大店は三ノ橋と二ノ橋の間、南新河岸にある伏見屋《ふしみや》唯八《ただはち》で、新川沿いに酒蔵を四つも並べて威勢を誇っていた。

その伏見屋を、薬種問屋鞍前屋五兵衛に押し入ったのと同じ手口の一味が襲い、主一家と住み込みの奉公人を殺して、新酒の支払い代金や蓄財されていた金子など二千三百両余りを強奪して姿を消した。

鞍前屋の仕事から三日後のことだ。

宗五郎と知り合いの左官の親方の久兵衛《きゅうべえ》が北新河岸を通りかかり、伏見屋の異変に気付いて、金座裏に急ぎ知らせてくれた。

宗五郎は久兵衛に、

「親方、あとで礼にうかがうぜ」

と感謝すると手先の波太郎《なみたろう》を寺坂毅一郎の八丁堀《はっちょうぼり》の役宅に走らせた。

「よし行くぜ」

宗五郎と手先たちも龍閑橋の綱定から船頭彦四郎の漕《こ》ぐ猪牙舟《ちょき》で新川へと急行した。

彦四郎が大きな体を利して、ゆったりと櫓《ろ》を使うと猪牙舟は朝靄をついて、日本橋川をぐいっと進んだ。

宗五郎の一行と寺坂毅一郎はほぼ同時に伏見屋に到着した。

「麹町と同じ強盗《おしこみ》一味か」

寺坂はまずそのことを気にした。すぐに店の中に入った宗五郎らは、麹町と同じような残酷非道な手口が再現されていることを知ることになる。

「寺坂様、まず鞍前屋と同じ連中の仕業ですぜ」

新川は与力同心の役宅がある八丁堀からも近い。

北町定廻同心寺坂毅一郎が、

「おのれ、八丁堀のわれらを虚仮《こけ》にしおって」

と切歯した。

だが、一味は大きな間違いをおかしていた。

台所女中のよねを見逃していたのだ。

宗五郎たちが駆けつけたとき、よねは、未《いま》だ台所の板の間に切り込まれた上げ蓋《ぶた》の下でぶるぶると震えていた。そこは漬物を漬けた樽が保管される場所で北向きの伏見屋でも一番寒くて暗い場所だった。

稲荷《いなり》の正太《しょうた》が台所を調べていると、かたかたと床下から音がした。上げ蓋を外して恐怖と寒さに震える寝巻き姿のよねを見つけたのだ。

それを聞いた宗五郎は、よねの身柄を即座に伏見屋から南茅場町《みなみかやばちょう》の大番屋に移させて、八百亀に聞き取りをさせることにした。むろん寺坂と相談してのことだ。

五十歳を超えた老練な手先の亀次《かめじ》ならば、娘のようなよねを落ち着かせることができるし、恐怖がおさまれば見聞したことを話してくれると思ったからだ。

それに南町奉行所との争いになる以上、同業の十手持ちからよねの存在を隠しておきたいという考えもあった。

「おれも娘に同行する」

寺坂もよねの証言が重要と考え、八百亀に同行して彦四郎の猪牙舟に乗った。

その直後、南町の定廻同心西脇忠三《にしわきちゅうぞう》から鑑札を受けている常盤町《ときわちょう》の宣太郎《せんたろう》と手先が駆けつけてきたが、先に乗り込んでいた宗五郎らの姿を見て、露骨《ろこつ》に嫌な顔をした。

宣太郎は金座裏の宗五郎を目の敵《かたき》にする御用聞きだった。

「金座裏、おめえは南町が手をつけた麴町の事件に強引に割り込んできたそうだな。仲間の仁義もちっとは考えろ」

「常盤町、それはちょいと違う話だぜ。鞍前屋の一件ならば、うちの政次が先に乗り込んでいたんだ。こっちはその前からこの一味を追ってもいる。まあ、ここは仲良く強盗《おしこみ》一味の探索をやろうか」

「ちぇっ」

と宣太郎が舌打ちした。

家族と奉公人の殺し方は全く鞍前屋と似ていた。

大半が胸を突かれ、屈強な酒問屋の奉公人は首筋を鮮やかに刎ねられていた。

宗五郎は下駄貫に命じて伏見屋の通い番頭勘蔵《かんぞう》の身柄を押さえさせ、荒らされた店の内外を見させた。あまりの残酷な凶状に全身をぶるぶると震わせる勘蔵に下駄貫が、

「番頭さん、しっかりと見てくんな。おめえさんの話次第で探索の手がかりが生まれるかも知らねえんだ」

と激励した。

勘蔵は店仕舞いの後、塩町の長屋に戻っていて難を逃れたのだ。

勘蔵は必死の形相で店と奥を見て回り、主の伏見屋唯八一家六人と住み込みの手代ら奉公人七人が殺されていると証言した。

「番頭さん、お店に住み込んでいた奉公人で死人の中にいねえ者はないか」

その問いに常盤町の手先たちが聞き耳を立てていた。

「飯炊き女のおたきと台所女中のよねの姿がありません」

「おたきは幾《いく》つだ」

「三十四歳か、いえ、五歳でしたか。三月《みつき》前に桂庵を通して雇ったばかりの女です」

「桂庵はどこだい」

「堀江六軒町《ほりえろつけんちょう》のにぎわい屋です」

「よねは幾つだ」

「二十一歳にございます。旦那の在所の小田原宿から奉公に出てきておりまして、もう六年になりますか」

下駄貫が頷き、常盤町の手先に尋問《じんもん》を譲った。

宗五郎はだんご屋の三喜松《みきまつ》らに新川沿いを当たらせて、一味が舟で乗り込んできたのではと調べさせていた。そこへ下駄貫が姿を見せ、勘蔵から聞き出したことを報告した。

「下駄貫、おれはよねと会う。念のためだ、にぎわい屋を当たれ」

そう命じた宗五郎は南茅場町の大番屋に急行した。そこではようやく落ち着きを取り戻したよねに、寺坂と八百亀が尋問を続けていた。

「親分、飯炊きのおたきが引き込みやがったんだ」

親分の登場に八百亀が報告した。

「三月も前に桂庵を通じて飯炊きに雇われた女だそうだな」

「へえ、前々からいた飯炊きがこの夏に水死しましてね、その後、うまいこと伏見屋に入り込んだようなんで」

「水死だと」

「夕暮れ、使いに出た飯炊きが翌朝、新川に浮かんでいたそうだ。そのときはうっかりと河岸から足を踏み外して水死したものと調べがついたようだが、一味がおたきを入れるために細工したかも知れねえな」

「大方そんなところだろうぜ」

　と答えた宗五郎が、

「よね、よくまあ逃げ果たせたな」

　と聞いた。

「親分さん、おたきさんが厠《かわや》に行く様子に気付いたんです。いえ、いつもは目を覚ますような人ではないのです。高鼾《たかいびき》で朝まで眠り呆《ほう》けるおたきさんがそっと起きたので、私も目を覚ましたのです。ところがおたきさんは表口に回り、潜り戸をそっと引き開けていたんです。その様子に私はびっくりしてしまいました」

「親分、よねとおたきの二人が寝泊まりしていた部屋は、台所にも表にも一番近いところだ」

　と八百亀が説明を加えた。

「よね、先を話せ」

　寺坂は宗五郎らの尋問を黙って聞いていた。

「私は寝床に起き上がって、障子の陰からそっと表口を見ていたのです。すると黒ずくめの男たちが声もなく押し入ってきて、すぐに強盗《おしこみ》と気付きました。でも、怖くて声も出せませんでした。男たちはおたきさんの案内で男衆の部屋に押し入っていきました。奥へ進んだ男たちもいたようです。私は布団の上で震えていたのですが、手代の六助さんがすごい悲鳴を上げたのを聞いて、私も殺されると思いました。そこで咄嗟《とっさ》に台所に這《は》いずっていき、上げ蓋を引き開けて漬物蔵に転がり込み、息を殺していたのです」

「よう考えたな」

とよねの機転を褒めた宗五郎が聞いた。

「強盗《おしこみ》一味を見たんだな」

「見たといってもちょっとの間です」

「人数は何人だ」

「十人ほどでしょうか」

「格好は黒ずくめだな」

「顔にも黒手《くろて》拭《ぬぐ》いで頬被りをしていました。ただ、頭分と侍は素顔だったように思います」

「頭分とどうして分かった」

「おたきさんが潜り戸を開けたとき、頭《かしら》と呼びかけましたからそう見当をつけただけです」

「年格好はどうだ」

「小太りの男で年は四十前かと思います。一人だけ羽織を着ていました」

「侍が加わっていると言ったな」

「着流しの痩《や》せた侍でした。年は三十過ぎでしょうか。他の手下たちは同じ格好で見分けがつきません」

「漬物蔵に隠れていたとき、なんぞ声を聞かなかったか」

「頭とおたきさんが私を殺しにきました。そのとき……」

「そのときどうしたな」

「おたきさんが、おしの頭《かしら》、よねが逃げやがった、と言うのが聞こえました」

「おしの頭、と言ったか」

「はい」

よねの言葉を聞いて、宗五郎と寺坂が顔を見合わせた。

六年前に江戸で三件の押し込み強盗を繰り返して、さあっと姿を消した御師《おし》の丹次《たんじ》一味のことに思い当たったからだ。だが、御師の丹次一味は、

「血腥《ちなまぐさ》い仕事《つとめ》」

を嫌った。

一年も前から狙いのお店に引き込みを入れて、すべてを調べ上げた上に盗みをやった。

その手口は巧妙で、三件のうち一件のお店などは、朝まで蔵が破られたことに気付かなかったほどだった。それに蔵の金子をすべて盗み出したわけではなかった。当座の店の運用金は残すという、

「情」

を持ち合わせていた。

「頭分が、運のいい女がいやがったものだぜ、としわがれ声で答えました。私が聞いたのはそれだけです」

「よね、飯炊きのおたきはどんな女だ」

「どんなって普段《ふだん》はぼうっとしていました。だけど、時に怖いような目でこちらの様子を眺めているような時がありました」

「他にはなにか気付いたことがあったか」

「いつだか陸《おか》は憂さ憂さするねえ、海がいいよと独り言を洩《も》らしたことがありました」

よねにおたきの顔形や体付きを聞いたが、どこといって格別手がかりになるようなものはなかった。

よねの相手を八百亀に任せて、寺坂と宗五郎は大番屋の表に出た。

「寺坂様、御師の一味が舞い戻ったと思われますかえ」

「しかし、手口がなあ」

「それに小太りの体付きというのも気になりますねえ」

御師の丹次は背の高い痩身《そうしん》の男と見られていたのだ。

「ともかく二件だけで終わるとも思えねえな。奉行所に戻り、今泉様や牧野様にご相談申し上げよう」

「三件目を防ぐとなると桂庵を当たって、近頃飯炊き女か下男を入れたお店を調べ上げさせましょう」

「江戸に桂庵が何百軒あると思う、宗五郎」

「仕方ございません。一軒ずつ潰《つぶ》していくしか手が見つかりませんや」

金座裏に宗五郎が戻ったのは昼過ぎだ。

すると髪結い新三が待ち受けていた。

「親分、唐渡りの人参を売り歩く男がおりましたぜ」

「ほう、どこのどいつだ」

「水夫《かこ》だと本人が名乗ったそうですがねえ、浅草広小路《ひろこうじ》の質店宝来屋《ほうらいや》に持ち込みやがったんで」

「宝来屋では買い取ったか」

「三百両と値が張る商いでねえ、金を作るのに二、三日かかると言うと、また来ると言い残して帰ったそうです」

「鞍前屋から盗み出した唐渡りの人参と思うか」

新三は懐から手拭いを出し、黄色の色をした人参を取り出した。

「こいつが見本だぜ」

大ぶりの人参である。

「人参の見分けがつくものかどうか、鞍前屋の番頭に見せるか」

「駄目もとでやってみるか、親分」

そこへ政次と亮吉が戻ってきた。

「南新河岸の酒蔵の間に寝ていたおこもが夜中に早船が伏見屋の船着場に止まっているのを見ていたぜ」

亮吉が報告し、

「ところがさ、おこもの野郎、昨夜は盆と正月が一緒に来たようでさ、酸《す》っぱくなった酒を新川にそっと捨てようとした酒問屋の手代から貰い酒をしてさ、早船が止まっていたことしか見てねえのさ」

「おこもは手先じゃねえや、仕方あるめえ」

と答えた宗五郎は、

「おめえたち、赤坂田町までひとっ走り行ってこい。鞍前屋の番頭に人参の面を見せてくるんだ」

と、髪結い新三が探り出してきた一件を告げた。

「合点だ」

亮吉が答えたときには立ち上がり、政次が人参を受け取って再び金座裏を出ていった。

鎌倉河岸の豊島屋では清蔵が兄弟駕籠の弟、繁三を相手にぼやいていた。

「金座裏は今度の一件、苦労しているようだな。政次も亮吉も顔を見せないじゃあないか」

「旦那、戸田川の殺しからそう日にちも経ってねえや。早々に強盗《おしこみ》一味をお縄にできるものか」

「麴町と新川も被害にあっているんだ。新川はうちと同業の伏見屋ですよ、なんとかしなければ、三軒目にうちにあたるかもしれませんよ」

「旦那、うちは新しい飯炊き女なんか入れていませんよ」

小僧の庄太が旦那を諭した。

「いえね、こういうものはどこから狙われているかもしれないものなんです。おちおちと夜も寝られませんよ」

と清蔵が夜の鎌倉河岸を見た。


金座裏の手先たちは浅草広小路の質店宝来屋の表口を交替で見張っていた。政次は宝来屋の番頭になりすまして格子の中に座っていた。元々松坂屋の手代だった男だ、お店《たな》勤めには慣れていた。

表の見張り所は路地を挟んだ釣竿師《つりざおし》、竿富《さおとみ》の作業場の一角からだ。

広小路に近い吾妻橋《あづまばし》際には彦四郎の猪牙舟や偽装された御用船が二隻止められていた。

政次と亮吉は赤坂田町の鞍前屋の通い番頭米蔵に会い、宝来屋に見本で持ち込まれた人参を見せた。

「これだけ大ぶりの薬用人参はうちのものに間違いございません」

との米蔵の証言を得て、宝来屋に見張りが置かれたのだ。だが、また来ると言った水夫はなかなか姿を見せなかった。

すでにどこかで売り払ったか。そんな不安を抱いての見張りだった。

見張りを始めて四日目の昼下がり、水夫が姿を見せた。

「旦那、金はできたか」

応対したのは宝来屋の主《あるじ》の晴兵衛《せいべえ》だ。

「品さえ揃《そろ》いますれば、金子は用意してございます」

「旦那、船に積んであるんだ。取引は船渡しにしたいのだがな」

「質草の出し入れは格子越しが決まりにございます」

「こっちは買い取りだぜ。品は確かでまとまっていらあな、おまえさん方としても見逃したくあるめえが」

「荷はどちらにございますので」

「この近くだ、駒形堂《こまがたどう》の船着場だ」

「間違いはございませんな」

「ああ、品を確かめてから金子を払いなせえ」

「ならばうちも船を用意して駒形堂の船着場に参ります。人参を確かめ、うちの船に荷を移し替えて金子を払う段取りでいかがですかな」

男はしばらく考えた後に頷いた。

「ただし長くは待てねえぜ」

「半刻（一時間）内には私が二人の奉公人を伴い、参ります」

「よし」

水夫が消えた。


半刻後、彦四郎を船頭とした猪牙舟が駒形堂の船着場に向かった。

宝来屋の主の晴兵衛に番頭と手代が従っていた。

手代は政次だ。

「宝来屋の旦那、こっちだよ」

船着場には三丁櫓の早船が横付けにされ、菰《こも》がかけられた長持《ながもち》が載っていた。宝来屋にやってきた水夫の他に三人の男たちが待っていた。どの男も地味ななりをしていたが顔は陽に焼け、目付きが鋭かった。

猪牙舟が早船に横付けされた。

「旦那、金子の三百両、お持ちだろうね」

「ほれ、このとおり」

晴兵衛が懐を叩き、言った。

「手代がまず品を確かめます」

腰を低くした政次が早船に乗り移った。

菰が外され、長持の蓋が開けられた。

「これは見事な唐《とう》人参にございますな」

政次が感嘆の声を上げたとき、水夫が、
ひょい
と猪牙舟に乗り移り、

「旦那、金の顔を拝ませてもらおうか」

と言った。

「荷をこちらの舟に積み替えてから支払う約束ですよ」

「もうそこにあるのだ。舟に乗せたも同然だぜ、旦那」

「いえ、それは約定《やくじょう》どおりに」

と晴兵衛が答えたとき、水夫が豹変《ひょうへん》した。懐から匕首《あいくち》を抜き、

「旦那、金が先だ」

と突きつけると晴兵衛の懐に手を差し伸ばした。

「なにをなさいます」

その声に動いたのが番頭だ。

晴兵衛の腰帯を摑むとぐいっと水夫の前から引き離すように抱え、匕首の切っ先から間をおいた。

早船でも仲間の三人が立ち上がり、隠し持っていた匕首や長脇差《ながわきざし》を閃かせた。その一人が猪牙舟に飛び乗ろうとした。

船頭の彦四郎の竿が唸《うな》り、船に飛び移ろうとした男の顔を叩いて流れに落とした。

政次は懐に忍ばせていた十手を抜くと、襲いかかってきた男の長脇差を叩き落とした。

赤坂田町の神谷道場仕込みの腕だ。

十手の先が相手の喉首《のど》に突っ込まれ、
げえっ
と叫び声を上げた男は一瞬にして失神した。

猪牙舟では匕首の水夫が番頭に斬りかかろうとして、反対に金流しの十手に手首と首筋を殴《なぐ》りつけられて猪牙舟に転がった。

番頭に扮していたのは金座裏の宗五郎だ。

残った一人は櫓を摑もうとして猪牙舟に押さえられていることを知り、駒形堂の河岸に飛び上がって逃げようとした。そこを常丸《つねまる》ら河岸に潜んでいた金座裏の手先たちに取り押さえられた。

彦四郎の竿で流れに叩き落とされた男も彦四郎の腕に襟《えり》首を捕まえられ、水中から大根でも引き抜くように引き上げられた。

恐るべき大力だ。

四人は近くの番屋に連れ込まれ、厳しい詮議《せんぎ》が行なわれた。

四人のうちの一人、水夫の什吉《じゅうきち》が、

「御師一味」

の隠れ家、海辺新田《うみべしんでん》の中洲《なかす》に停泊していた二百石船を吐いたのは捕まって半刻もしないうちだ。

四人の捕縛を聞いた北町では牧野勝五郎を長に寺坂毅一郎らが出張りの用意をして報告を待っていた。

宗五郎ら一行と北町奉行所の牧野勝五郎の一行は、永代橋《えいたいばし》の東橋下で落ち合い、海辺新田の中洲に潜んでいた御師一味の捕縛に向かった。

「おおっ、来た来た。独楽鼠《こまねずみ》の亮吉が飛んできましたよ」

夕暮れどき、豊島屋の清蔵が嬉しそうな顔をして亮吉、政次、それに彦四郎を迎えた。

「海辺新田の中洲で大捕り物があったというじゃないか」

「一席語るにゃ、なにかが足りねえな」

「亮吉さん、これでございましょう」

小僧の庄太が豊島屋名物の上酒を運んできた。

「ならばまず喉を潤《うるお》しまして」

と亮吉が大ぶりの猪口《ちょこ》になみなみと酒を注いで一気に飲み干した。

「真打《しんうち》金座亭亮吉師匠が海辺新田強盗《おしこみ》一味御師の元兵衛《もとべえ》ら召し取りの場を語らせていただきます」

庄太が、

「待ってました！」

と掛け声をかけた。

「北町与力牧野勝五郎様ご支配の面々と金座裏の宗五郎と精鋭の手先が合同にて海辺新田に停泊しております二百石船、新陽丸《しんようまる》を急襲しましたのは、昨日の夕暮れ時分のことにございます。すでに手下の什吉ら四人は駒形堂で金座裏の宗五郎一統《いっとう》と、ここに控えおります綱定船頭彦四郎の活躍にて取り押さえられております。船に残っていたのは、御師一味の二代目元兵衛と剣客の沢村文造《さわむらぶんぞう》、さらに引き込みのおたきを含めた手下が七人にございました。こやつらが刀やら長脇差やらを振り回して大暴れに暴れましたが、そこは北町の猛者《もさ》と金座裏の精鋭の強襲にございます、なす術《すべ》もなく次々にお縄を打たれたのでございます」

「なんだ、それだけか、亮吉」

「豊島屋の旦那、この一連の事件、戸田川の渡し場が第一場にございましたな」

と言いかけた亮吉は再び講談調に戻し、

「あのとき殺されたおようは先代の御師の丹次が一年も前に江戸に送り込んだ引き込みにございました。この丹次は強盗とはいえ、血も涙も合わせ持った頭領にございましたそうな。ところが一年後、江戸に上がってきたのは急死した丹次に代わって強引に跡目を継いだ元兵衛にございました。この元兵衛、先代と違い、仕込みや引き込み無用、数を頼んでの押し込み、狙った先を皆殺しにして金品を掠《かす》め取っていくという手合いにございます。

おようは連絡役《つなぎ》の楠次郎《なんじろう》からそのことを聞かされて、どうしたものかと将来を危ぶんでおったのでございます。楠次郎もおようの考えに同調し、二人は江戸での仕事の前に抜ける算段を凝らしていたのでございます。それに気付いた元兵衛が楠次郎を殺してしまった。そのことを仲間から聞き知ったおようは故郷の伊勢に帰ろうと、東海道を避けて中山道から伊勢を目指そうとして渡し場で元兵衛の手下に待ち伏せを喰らい、哀れな最期《さいご》を遂げたのでございました」

「おようのお腹の子は楠次郎との間にできたやや子じゃな」

「楠次郎が殺され、おようが死んだ今となっては分かりませぬ。だが、旦那、二人が連絡を付け合う間に好意を感じ合ってできた子と考えてようございましょう」

と亮吉が言い切り、

「御師の一味の江戸での強盗《おしこみ》二件、さらには江戸に上がってくるときにいくつかの宿場で働いた仕事《つとめ》の詳細については、これから厳しい調べによっておいおい解明されていきましょう。はっきりと言えることは御師の元兵衛と一味を獄門台が待ち受けており、一味が地獄に送られるということでございます」

「せちがらい世の中だ、こやつらのような血腥い強盗がまた現われますよ。亮吉、政次、しっかりと目を凝らしているのですぞ」

清蔵の小言で亮吉の一席は幕を閉じた。

第二話　綱定のおふじ

一

上毛《じょうもう》三名湯の一つ、伊香保《いかほ》は榛名山《はるなさん》の中腹にあって、江戸から三十六里ほど（百四十余キロ）、女の足でも四日から五日あれば到着した。

標高四千四百余尺（一三九〇メートル）の榛名山はすでに紅葉の季節を終え、これから白いものがちらつく冬を迎えようとしていた。

それだけに近郷近在から湯治《とうじ》の客で賑《にぎ》わっていた。

伊香保の湯の歴史は古いが、温泉街ができたのは天正《てんしょう》年間（一五七三〜九二）、武田氏に属した土豪木暮下総守《こぐれしもうさのかみ》の家臣団が掘り当ててからとか。

そんなわけで今も木暮、千明《ちぎら》、岸《きし》などと湯治場の旅籠《はたご》の名に発見した武士の名を留《とど》めていた。

伊香保が上毛三名湯に加えられ、江戸からの湯治客を集めるようになったのは江戸期からだ。

伊香保神社への参道の左右に櫛比《しっぴ》する旅籠の一軒、木暮屋金太夫《きんだゆう》方に松坂屋《まつざかや》の松六《しょうろく》の一行が到着したのは、江戸を発《た》って四日目の夕暮れどきだ。

初日、戸田《とだ》の渡しで事件と遭遇したにもかかわらず、駕籠《かご》を乗り継いできたことと、日和《ひより》に恵まれたせいで順調な旅であった。

むろん松坂屋では前もって手紙で隠居松六の湯治を知らせてあったから、

「これはこれは松坂屋のご隠居様、おえい様、ようお着きなされました。連れの方々も濯《すす》ぎ水を持って参りますでな、草鞋《わらじ》を脱いで下され」

と主《あるじ》の金太夫自らに迎えられた。

「金太夫さん、お久しぶりにございましたな。冥土《めいど》の土産《みやげ》にもう一度伊香保に寄せてもらうことにしましたよ」

「ご隠居、冥土はちと早うございましょう。伊香保の湯は婦人方の子宝に恵まれる湯として知られてますがな、なあにご隠居を十歳は若返らせて見せますよ」

と金太夫が請け合った。

豊島屋《としまや》のとせとしほ、金座裏《きんざうら》の宗五郎《そうごろう》の女房おみつの三人も、初めての伊香保に興味は尽きない。

石段の両側に湯治宿が並んでいて、榛名神社からとうとうと湯が流れ落ちる光景は、江戸では見られないものだ。

木暮屋では江戸の豪商松坂屋の隠居の一行のために窓からの眺めがいい、二階の角部屋並びを三つ空けて待っていた。

床の間付き座敷は松六とおえい、もう一部屋はとせ、おみつ、しほの三人の女たち、そ早速湯に入ることになった。おえい、とせ、おみつと三人の女組に従って、しほも伊香保の湯に身を浸し、して、手代《てだい》の重松《しげまつ》と小僧の新吉《しんきち》には小部屋が割り当てられ、

「江戸からはるばる旅してきた甲斐《かい》がございました」

　と嘆声を上げた。

「しほちゃん、やっぱり旅はいいねえ。うちなんぞは男臭いのばかりがごろごろする中で暮らしているだろう。旅に出て、湯にのうのうと浸《つ》かるのがこうも極楽とは、今まで江戸にしがみついていたのが馬鹿くさくなりましたよ」

　おみつも湯の中でご機嫌だ。

「おみつさん、私は亭主のそばを離れただけで気分爽快《そうかい》ですよ」

　とせは複雑な笑みを浮かべた。

清蔵《せいぞう》が御家人の若い寡婦《かふ》、引札屋《ひきふだや》のおもんとの恋に我《われ》を忘れた時期、とせは口にこそ出さなかったが、悩み苦しんだ時期があったのだ。

　そのことを女たちも承知していた。

「そうそう男より湯だねえ」

　おみつが相槌《あいづち》を打ち、

「花の盛りのしほちゃんがさ、このさばさばした気分を知るにはこれから何十年もの歳月がいるよ」

「ほんにほんに」

とせが笑った。

しほは、旅の間も寡黙《かもく》に風景や往来する旅の人を駕籠から眺めていた松六の内儀《ないぎ》のおえいに、

「おえい様、お背中を流しましょう」

と声をかけ、流しの板の間に上げると、背中を糠袋《ぬか》で優しく丁寧《ていねい》にこすり上げた。するとおえいが、

「しほ、極楽ですよ」

と静かな声で応じたものだ。

「おかみさん、おみつさん、待っていてくださいな。二人の背中も流しますからね」

「お武家の娘に背中を流させるなんて罰《ばち》があたりそうだよ」

おみつが湯の中から豪快に笑った。

「おや、しほは侍様の娘ですか」

おえいが驚きの顔で振り返った。

「おえい様、しほちゃんは川越《かわごえ》藩のご家来の娘ですよ」

おみつがしほに代わって答えた。

「父のことは長屋の貧しい浪人暮らししか記憶にございません。私が侍の血筋と申されても他人様《ひとさま》の話のようでございます」

「しほちゃんはいつもそう言うねえ。だがさ、血はそうそうに消せないものさ。しほちゃ

んはおっ母さんの顔も覚えてないと言ったねえ。私の見るところ、お父つあんと意地を貫き通しなさったおっ母さんの気概は、しほちゃんの血にさ、脈々と受け継がれて流れているよ」

おみつが言い切った。

しほの両親は川越藩の元納戸《なんど》役《やく》村上《むらかみ》田之助《たのすけ》とその許婚《いいなずけ》の久保田《くぼた》早希《さき》だ。二人は手に手を取って逐電《ちくでん》したのである。

早希が城代家老の嫡男《ちゃくなん》との祝言《しゅうげん》前夜のことだ。

早希の美貌《びぼう》に目をつけた家老の倅《せがれ》は、許婚の田之助をさしおいて強引に祝言を挙げようとしたのだ。

下士の田之助は許婚の早希に祝言の話が持ち上がったとき、どうすることもできなかった。身分の差を思ってだ。

だが、早希は田之助からなんらかの誘いかけがあるものと信じて祝言の前夜まで待った。

だが、なにもないと知ると自ら行動を起こして、田之助を誘い出し、川越を出たのだ。

流浪の旅の間にしほを身籠《みごも》り、生んだ。だが、早希はしほが十一歳のときに流行病《はやりやまい》で亡《な》くなっていた。

しほは物心ついたときから武州《ぶしゅう》浪人の娘として鎌倉河岸《かまくらがし》の裏長屋で育ったのだ。

父の田之助は脱藩したとき以来、江富文之進《えとみぶんのしん》という変名を名乗り、賭碁《かけご》を生計《たつき》の一助にして暮らしてきた。そして、賭碁の諍《いさか》いで仲間に斬《き》り殺されていた。

しほにとって、武家とは貧しい浪人の暮らしということだった。できれば町娘として生きたいと思ってきた。それでもおみつが言うように、

「血は消せない」

もので、ある事件をきっかけに川越の親類縁者との付き合いが復活していた。

だが、松坂屋のおえいは、しほとこれまで顔を合わせることがなかったので、その出自《しゅつじ》を知らなかった。

「まあ、しほちゃんが所帯を持つようなときがきたらさ、おっ母さんの意地が身に染みて分かろうというもんじゃないか」

しほはおみつの言葉を黙って聞いた。

「しほ、そなたは豊島屋さんに奉公なされておるのですか」

おえいが聞く。

「はい、おえい様。父が存命のときから豊島屋さんに世話になってきました」

「しほちゃんはうちの看板娘ですよ」

とせが湯の中から答える。

「そなたなら若い衆が放ってはおきませんな」

「おえい様まで冗談を」

「なんの、冗談なものか。松六の尻《しり》を叩いて、よい婿《むこ》どのを選んでもらいましょうかな」

おえいがそんなことまで言い出したところで、しほが、

「おえい様、湯に浸かってくださいな。次は内儀《おかみ》さんにございます」

と、とせに声をかけた。

とせが湯から上がり、しほに背中を流してもらうと、最後におみつが口癖になった、

「極楽極楽」

を繰り返しながら体を洗ってもらった。

湯から上がると、

「女は長湯というが、えらく長かったではありませんか」

と松六が膳を前にすでに一杯を始めていた。

「ご隠居、上げ膳据え膳、それに湯がついている。わたしゃ、当分、金座裏には戻りませんよ」

おみつが笑って、松坂屋松六一行の湯治が始まった。

鎌倉河岸ではどことなく寂《さび》しい日々が続いていた。

今日も清蔵が、

「小うるさいかみさんでも、いないとなると寂しいな」

と小僧の庄太《しょうた》相手にぼやいていた。

陰暦の神無月《かんなづき》は朔風《さくふう》葉を払う季節で、鎌倉河岸の八重桜も枝に残った葉はわずかなものだ。

夕暮れの色に染められた河岸に一隻の猪牙舟《ちょき》が横付けされて、大きな体の彦四郎《ひこしろう》がのしのしと鎌倉河岸に上がってきた。

どこからともなく菊の香りが漂ってきた。

「彦四郎、商売はどうだったえ」

駕籠《かご》の梅吉《うめきち》と繁三《しげぞう》兄弟もちょうど空駕籠を豊島屋の前に横付けしたところで、弟の繁三が声をかけたのだ。

「北風が吹くようだと猪牙舟は乗り手がねえや。兄いのほうはどうだえ」

「おれっちは品川《しながわ》に内藤新宿《ないとうしんじゅく》と、遠乗りの客が続いた」

「懐《ふところ》が温けえというやつだな。亮吉《りょうきち》に聞かれるとたかられるぞ」

「違《ちげ》えねえ、あいつはどうしていつも空《から》っ尻《けつ》なんだ」

「あれはあれでおっ母さんの暮らしを立てているんだ、飲み代《しろ》までには手が回るめえ」

「彦四郎は気が好《よ》すぎるぜ。あいつの飲み代はいつもおめえじゃねえか」

「そのうち、独楽鼠《こまねずみ》が大当たりすることもあろうじゃないか」

三人一緒に豊島屋に入っていくと、名物の田楽《でんがく》の味噌の香りが鼻をついた。

「毎晩食ってもこの時分になると恋しくなる匂いだぜ」

繁三が鼻を啜《すす》った。

「旦那《だんな》、金座裏はだれも顔出ししてないか」

彦四郎が清蔵に聞いた。

「そろそろ面《つら》を出してもいい時分ですよ。しほがいないとなると亮吉の面でもなんだか恋しいねえ」

そう清蔵が答えたとき、

「金座裏の亮吉様のお出ましだ。旦那、やっぱりおれがいねえと豊島屋も閑古鳥《かんこどり》が鳴くようですかえ」

と、亮吉が政次《せいじ》とともに姿を現わした。

「亮吉、よおく眼《め》ん玉《たま》見開いて見なされ。うちはいつも客で一杯ですよ」

「だけど旦那は寂しそうだ」

「そうなんだ、いる人間がいないとやっぱり寂しいねえ」

正直に答えた清蔵が聞いた。

「政次、親分はどうしてなさる」

「手持ち無沙汰《ぶさた》のようで煙草《タバコ》をふかしてばかりおられます」

「旦那、親分もあとで顔を出すと言っていたぜ」

亮吉も言い添え、

「やっぱり宗五郎親分もおみつさんがいないとなると時を持て余すとみえるね」

と清蔵が応じた。

「政次、亮吉、御用《ごよう》は忙しくねえんだな」

彦四郎が幼馴染《おさななじ》みに聞いた。

「火付けの季節にはちと間があらあ。御師《おし》の一件以来、のんびりしているぜ。なにか用事か」

「ならばさ、明日だが、うちの親父さんとおかみさんの供で墓参りに行かねえか」

「墓参りだと抹香《まっこう》臭いや、お断りしよう」

亮吉が即座に返答した。

「政次はどうだ」

「親分に許しを得なければなんとも返事ができないよ」

政次が答えたとき、宗五郎が店に入ってきた。

常丸《つねまる》、広吉《こうきち》、波太郎《なみたろう》らを伴っていた。

すべて住み込みの手先たちだ。

「亮吉と政次を送り出してみるとなんだか火が消えたようでさ、常丸たちを誘って繰り出してきましたぜ」

「宗五郎さんもそうかえ」

清蔵が嬉《うれ》しそうに笑い、小僧の庄太に、

「どんどんさ、酒と田楽を持っておいで」

と命じた。

「ご新規さん、お酒と田楽のご注文！」

と庄太が叫びながら、台所に消えた。

「親分、うちの旦那と女将《おかみ》さんが明日、墓参りに行くというのだがねえ、おれが供をすることになったんだ。旦那が、暇《ひま》ならば政次と亮吉も誘えと言いなさったが、御用の邪魔かねえ」

「へえっ」

彦四郎が宗五郎に許しを乞うた。

「綱定《つなさだ》の菩提寺《ぼだいじ》は深川の永代寺《えいたいじ》だったな」

「連れていけ、なんでも後学《こうがく》のためだ」

「ところが亮吉は抹香臭いところは、嫌《いや》なんだと断ったぜ」

「大五郎《だいごろう》さんは食通だ。墓参りのあとに永代寺門前の料理茶屋に上がりなされよう。亮吉、おめえにはちと口が奢《おご》りすぎるかもしれねえな」

「ちょっと待った！　そんな仕掛けがあるのか。彦四郎、なぜ、そいつを先に言わねえ」

「だってよ、おめえはいきなり断ったぜ」

「いや、おれはさ、抹香臭いが神信心は大事と言いたかったんだ。行くよ、親分、おれも行っていいだろ」

「おれに泣きついてどうする。彦四郎に謝れ」

「すまねえ、彦。おれも墓参りに連れていってくんな」

「仕方ねえ、荷物持ちで連れていかあ」

「よかった」

そこへ庄太や女衆が酒と田楽を運んできて、座は一時《いっとき》、静かになった。

熱燗《あつかん》の酒を胃の腑《ふ》に収めた亮吉が、

「伊香保の一行はどうしてますかねえ」

と言い出した。

「湯治だ、のんびりしてようぜ」

「親分、伊香保の名物はなんだ」

「榛名山中の湯治場だ、魚も塩漬けだろうよ。この季節なれば、茸《きのこ》に山菜くらいかねえ」

「茸に山菜だって。そりゃあ、年寄り病人の食うもんだぜ。おりゃ、伊香保には行かねえ」

「亮吉、だれもおめえを湯治に誘っちゃあいねえぜ」

と常丸がからかった。

「そうは言うが兄い、湯治に行きたいかえ」

「おれも行ったことがねえからなんとも言えねえがさ、一度くらいお袋を連れていきてえな」

「ならばさ、常兄い、その折にゃあ、むじな長屋のせつも連れていってくんな」

「ばか野郎、せつたあなんだ、おめえのおっ母さんじゃないか」

宗五郎に一喝《いっかつ》されて、

「いけねえ、とばっちりだ」

とまた頭を掻《か》いた。

鎌倉河岸界隈では女たちが湯治に行って、男たちがなんとなく暇を持て余していた。

二

猪牙舟は吉原《よしわら》通いに開発されたので山谷《さんや》舟とも称したという。

龍閑橋《りゅうかんばし》の船宿綱定では猪牙舟が五隻あったが、彦四郎は主夫婦《あるじ》の墓参りにその中から新造の小早《こはや》を選んだ。

五隻の中でも一番船体が大きく、主夫婦に政次、亮吉を乗せてもゆったりと安定していたからだ。

木枯らしが江戸の町に戻ってくるまでにしばしの間があった。風もなく小春日和の陽気で、川渡りには打ってつけの気候だ。

「彦四郎、手伝うことがあるか」

と橋の上から声が降ってきた。

言わずと知れた金座裏の独楽鼠の亮吉だ。そのかたわらにはしなやかな体付きの政次が立っていた。

刻限は四つ（午前十時）の頃合《ころあい》、堀の風景もどこか長閑《のどか》だ。

「亮吉、女将さんが閼伽《あか》桶《おけ》と花を用意されていた。受け取ってきてくれ」

「あいよ」

独楽鼠が身軽にも網定へと駆け込んでいった。

彦四郎のかたわらに政次がおりてきた。

近頃の政次は御用のとき以外、滅多《めった》に口をきくことはない。幼いときから兄弟のように育ってきた三人だ。口をきかなくてもお互いの気持ちは察しがつくということもあった。が、最近の政次は一層慎重な生き方をしているように彦四郎には思えた。

天衣無縫《てんいむほう》な亮吉とはまったく反対の性格だ。そして、今一つ彦四郎には思い当たることがあった。

政次が松坂屋の手代を捨てて、金座裏の手先になった裏側には、

「十代目宗五郎」

を継承するという約束事があった。金座裏の公然の秘密だった。

金座裏とは関《かか》わりのない仕事に就《つ》いた彦四郎には政次が、

「十代目」

になろうとどうでもいいことだが、亮吉たちにとっては微妙な問題を含んでいた。なぜならば新参の仲間が一足飛《いっそくと》びに、

「親分」

に就くことだからだ。

一時、このことを気にした亮吉は心を乱して金座裏を抜けたことがあった。だが、自分

なりにその問題に決着をつけて戻ってきたあと、そのことには触れないようにして手先を務めてきたのだ。

最近とみに周りの人々が政次の、

「十代目襲名」

を公《おおやけ》にすることを宗五郎に求めているようだと彦四郎は推測していた。それがまた政次をいよいよ慎重にしているのだと思った。

(政次も亮吉のように気楽に生きていければいいのだが……)

と彦四郎は思うことがあった。だが、

(これぱかりは気性だ、仕方がないか)

とも考え直した。

彦四郎にとっての関心事は今ひとつ、しほが政次の「十代目」の後継披露と時を同じくして夫婦の約束を交わすのではないかということだ。

彦四郎も亮吉も、そして政次もしほのことが好きだった。

それはしほが鎌倉河岸の豊島屋に勤め始めたときからだ。

だれもがそのことを張り合っていた。

しほはそのことを知りながら、三人とは分け隔《へだ》てなしに付き合ってきた。

政次の「十代目」が公表されるとき、しほが金座裏に養女として入り、政次と夫婦の約束をするのではないか、というのが彦四郎の心配だった。

しほには金座裏の大所帯を切り盛りする力量が備わっていた。

しほ本人は、私は江戸の裏長屋育ち、町娘です、と頑固に言い張っていた。だが、思慮《しりょ》深い武士の血筋は争えなかった。

その上、しほには、

「絵師」

としてこれまでも御用の役に立ってきた経歴があった。

「十代目宗五郎」

の跡目を政次が継いだとき、しほが、

「新宗五郎」

の女房として力を発揮するのは目に見えていた。

それでも彦四郎は、

「しほちゃんがおれの嫁になってくれないかな」

という淡い夢を捨てきれないでいた。

そのことは独楽鼠の亮吉とて同じだった。

いや、もし十代目の政次としほが所帯を持つようならば、亮吉は二重に悲しくも辛《つら》い思いを経験しなければならないのだ。

政次が慎重にならざるをえない理由だった。

「政次、今朝《けさ》も道場に行ってきたか」

「行ったよ」

「おめえはこうと決めたらやり抜く性分だからな」

「もう少し融通《ゆうずう》が利《き》けばいいのだが」

と政次が自嘲《じちょう》するように笑った。

そのとき、船着場が、
ぱあっ
と明るくなった。

紋入り小格子模様の江戸小紋を着たおふじが姿を見せたのだ。

いなせな大五郎が惚《ほ》れて一緒になっただけに綱定の女将、おふじは妖艶《ようえん》といえるほど艶《あで》やかだった。

「綱定の旦那、女将さん、墓参りの供にお呼び下さりましてありがとうございます」

政次が腰を折って二人を迎えた。

「政次さん、丁寧《ていねい》なご挨拶《あいさつ》痛み入るな」

大五郎が鷹揚《おうよう》に笑った。

「なあ、旦那。政次のご挨拶はよ、手先のもんじゃねえだろう」

亮吉が茶化すと閼伽桶に入れられた菊の花を手に、猪牙舟の舳先《へさき》に飛んだ。

龍閑橋界隈に菊の香りが漂った。

政次はおふじの手をとって猪牙舟の真ん中に乗せ、彦四郎が用意していた膝《ひざ》掛けをおふじの足にかけた。

「今日はお客様のようだよ」

おふじがうれしそうに大五郎を見た。

「政次は松坂屋で女客の扱いを叩き込まれてきたからな、むじな長屋の餓鬼《がき》からいきなり手先になった亮吉とはだいぶ違おうぜ」

大五郎が粋《いき》な縞柄の羽織の裾《すそ》を捌《さば》き上げながら、上手におふじのかたわらに乗り込んだ。

政次が舫《もや》い綱《づな》を外すと船着場を足で蹴《け》り、身軽にも舟に乗ってきた。

心得たとばかりに彦四郎が竿《さお》を一、二度使い、櫓《ろ》に代えた。

龍閑橋から御堀へ、そしてすぐに一石橋《いっこくばし》を潜《くぐ》って日本橋川に出た。

両岸は江戸の心臓部、左に魚河岸が、右には東海道が口を開けて、左右には家康《いえやす》以来の老舗《しにせ》が軒《のき》を連ねていた。そして潜る橋が五街道の基点ともなる日本橋だ。

橋の上は大勢の人が行き来して相変わらずの賑《にぎ》わいだ。

「風もねえ、穏《おだ》やかな墓参り日和ですねえ」

舳先から亮吉が綱定の夫婦に言いかけた。

「亮吉、豊島屋の内儀《おかみ》さんやおみつさんは、松坂屋の隠居の誘いで湯治だそうな」

「私も行きたかったよ」

かたわらからおふじが言い、

「女将さんはまだ湯治には若すぎるぜ。ありゃあ、年寄りの行くもんだ」

と亮吉が応じた。

「しほちゃんも一緒なんでしょ」

「しほちゃんは年寄りの世話を焼く係だ」

「おみつさんが帰ってきたら、亮吉さんの言葉をそっくりそのまま伝えよう」

「や、止《や》めてくんな。どやされるぜ」

墓参りの五人を乗せた猪牙舟は往来する漁師舟や荷足り船、渡し船の間を巧みに抜けて、大川《おおかわ》へと向かった。

彦四郎の櫓の腕前は綱定でも一番だ。

水面を滑るように進んで舟を揺らすこともない。

大川に出るとさすがに風が吹いていた。だが、風はそこはかとない温《ぬく》もりを漂わせていた。

彦四郎の櫓の扱いが変わった。

六尺を超える体を大きく使って櫓を漕ぐと、猪牙舟は大川の流れをぐいっと切り裂くように進んだ。

瞬《またた》く間に永代橋を背に見ながら大川を斜めに下流へと横切り、越中島《えっちゅうじま》へと回り込んで、武家方一手橋の架かる堀へと入っていった。

大栄山永代寺は富岡八幡宮《とみがおかはちまんぐう》の社地にあり、天平勝宝《てんぴょうしょうほう》（七四九～七五七）に開基された古い寺だ。

五

船宿綱定の先祖は永代寺の門前で船宿を開いた後に龍閑橋にその本拠を移していた。十余年前のことだ。

永代寺が菩提寺なのはそのときの名残《なごり》だ。

富岡八幡宮と永代寺の門前には石造りの船着場があって、石段を上がれば参道につながり、舟で行ける八幡様、お寺様として知られていた。

門前町には参詣《さんけい》にきた信徒たちを目当てにした魚料理の料亭やら食い物屋やら船宿が軒を連ねていた。

彦四郎は猪牙舟を先祖以来の馴染《なじ》みの船宿権八《ごんぱち》の船着場に止めた。

おふじが猪牙舟を下りる姿を気にした男がいた。

苦味走った中年男で用心棒に腕が立ちそうな浪人者と三下奴《さんしたやっこ》を四人従えていた。

深川の曖昧宿《あいまいやど》を牛耳《ぎゅうじ》る外記橋《げきばし》の鶴次郎《つるじろう》と呼ばれる親分だ。

「あれは三浦楼《みうらろう》の新造《しんぞ》だった玉藤《たまふじ》じゃねえか」

「親分の知り合いかえ」

懐手《ふところで》の三下奴の一人が聞いた。

「おれと二世《にせ》を誓っておきながら、ふいに吉原から姿を消しやがった。三浦楼では業病《ごうびょう》に取り憑《つ》かれて国許《くにもと》に帰したなんぞと吐《ぬ》かしやがったが、どこぞの男の女房に納《おさ》まっていやがったぜ」

「親分、探りを入れようか」

「相手に気付かれねえようにするんだぜ」

「へえっ」

そんな会話が交わされているとも知らず、大五郎ら一行は永代寺の山門を潜り、住職に面会すると墓前で経《きょう》を上げてもらうことを頼んだ。

「綱定の先代が亡くなって十五年か。若くして頭《かしら》になりなさったで心配していたが、立派な親方になりなさったな」

と目を細めた住職が大五郎の貫禄《かんろく》ぶりを見た。

「草葉《くさば》の陰で相変わらずと怒ってましょうぜ」

「厳しい人でしたからな」

「寒夜、竿使いが悪いってんで堀に何度突き落とされたか数えきれもしねえや」

大五郎が苦笑いした。

彦四郎は親方がそんな苦労をしているなど想像もしていなかったので、驚いて顔を見た。

「彦四郎、おめえらはおれが厳しいと思うかもしれめえが、先代に比べれば大甘《おおあま》の親方さ」

「さようさよう」

と答える住職を伴い、綱定の墓に向かった。

幼馴染みの三人は墓を丁寧に洗い、殊勝にも墓前で読経《どきょう》を聞いて、手を合わせた。

「政次、亮吉、墓参りに付き合ってくれたからさ、今日はうめえものをたらふく食わせるぜ」

墓参が済んで、大五郎は永代寺門前に魚料理の看板を掲げる老舗の名料理屋雪乃矢《ゆきのや》に三人を誘った。

「大五郎さん、おれはこんな料理屋に上がるなんて初めてだ」

亮吉が素《す》っ頓狂《とんきょう》な声を上げたほど、立派な造りだ。通された二階の部屋からは永代寺と富岡八幡宮の船着場の賑わいが庭越しに見渡されて、眺めがよかった。そこで伏見《ふしみ》の下《くだ》り酒《ざけ》が供され、江戸前の魚料理が載った三の膳が出されると、

「大五郎さん、一時《いちどき》に食いきれねえよ」

と亮吉が悲鳴を上げた。

「亮吉、親方は長屋育ちのおれたちに土産《みやげ》の折りを持たせようと考えてなさるのだ。きれいに食い残すのも作法だぜ」

「これをうちのおっ母さんに土産か。ぶっ魂消《たまぎ》るぜ」

三人とも手の込んだ料理に、どこから手をつけていいか分からないほどであった。

「政次、彦四郎、考えたんだがよ、椀《わん》ものは持って帰れめえ。汁もので酒を呑《の》むなんぞは初めての経験だが、仕方ねえ」

亮吉はどんなときでも賑やかだ。

「うちの彦四郎もそう口数の多いほうじゃないけど、政次さんは輪をかけて無口ね。いつもそんなに大人《おとな》しいの」

おふじが聞く。

「いえ、松坂屋さんで叩き込まれましたから、愛想《あいそ》の一つや二つ言えます。ですが、手先はそう口をきく商売じゃありませんから」

「女将《おかみ》さん、政次のやつ、おれに喋《しゃべ》らせといて、その間に考えているのさ。まあ、一統《いっとう》の頭に立つような男はみんなそうさ」

亮吉があっさりと政次の、

「十代目」

を認めるような発言をした。

「亮吉、おまえは政次が松坂屋から金座裏に来たわけを言っているのか」

大五郎が聞いた。

「だれもが承知のことさ。おれはな、親方、政次なら親分の跡目を立派に継げると思っているよ。おれにはおれの生き方があらあ」

「亮吉、おめえってやつは」

大五郎が思わず瞼《まぶた》を潤《うる》ませた。

「おれは政次が十代目になったからといって、どこかへ行くようなことはしねえ、おれは手先の仕事が好きなんだ。宗五郎親分の命《めい》で走り回るように政次の下でやれることをやる。それだけのことだ」

「亮吉め、それでいい。人の行く道は百人百様だ」

そんな会話の間も政次は口を挟まない。

「政次さんのほうが苦しい道かもしれないわね」

おふじがぽつんと呟《つぶや》いた。

「親方、女将さん、おれはさ、亮吉と一緒だ。好きな船頭を選んだ、これからも同じ道を歩む。こいつはさ、親方になるとか船頭で一生を終えるなんてこととは違うことなんだ。女将さんが言われたように政次は、自分の選んだ道とは違った道を歩まされている。決して自分が望んだ道じゃあるめえ。政次の胸の中を考えるにこれも宿命《さだめ》と腹を括《くく》ってのことだろう」

彦四郎がぼそりと言う。

「あんた方はいい友達だわ。銭金が少しあるなんてことより、大事な仲間を二人持っているほうがなんぼか幸せなのよ」

おふじの言葉に三人が期せずして頷《うなず》いた。

一刻半ほど雪乃矢で昼の御膳を食べ、酒を呑んだ。

「寒くならないうちに大川を渡ろうか」

大五郎の言葉に三人が頭を下げた。そして政次が、

「本日は深々とご馳走《ちそう》になりましてありがとうございます」

と挨拶をした。

おふじが仲居《なかい》を呼び、残った膳のものを折りに詰めてもらうように願った。

そうしておいておふじが一階の帳場に一人だけ下がった。勘定《かんじょう》をしてもらうためだ。

その間、二階の男たちのところには熱い茶が供された。

「おふじめ、また帳場でお喋りしてやがるぜ」

だいぶ刻限が流れ、そう大五郎が言ったところへ亮吉が、

「女将さんと親方はどこで会われたんで」

と聞いた。

「おれとおふじの馴《な》れ初《そ》めか。おめえらは餓鬼の時分で知るめえな。おれはませた男でさ、十四、五のときから吉原通いさ。そこで三浦楼から振袖新造《ふりそでしんぞ》で出たばかりのおふじに目をつけたと思いねえ。だが、身請《みう》けの金子《きんす》があるわけじゃねえ、二人して手に手を取って駆け落ちでもしようかと考えていたのを親父に気付かれてさ、おふじの人柄を親父が見定めた後に身請けの金を出してくれたのさ。以後、遊びは禁じられたがね……」

大五郎が苦笑いをした。

「女将さんは昔吉原のお女郎《じょろう》だったのかい」

彦四郎が驚きの声を上げた。

「古手の船頭はみんな知っていることさ」

「そうか、親方も若いうちは遊んだんだ」

「二十歳前にたいがいの遊びは終えていたさ」

と、その話題に蓋をした大五郎が、

「それにしてもおふじは遅いじゃねえか。階下におりようか」

と言ったので、男四人は雪乃矢の玄関に下りた。

「番頭さん、うちのおふじはどこで油を売っているんだね」

「親方、とうの昔に二階に戻られましたよ」

「そんなことはねえさ、どこにいよう」

おふじの姿を探して雪乃矢の内外が検《あらた》められた。すると一階の庭に面した廊下に財布が、そして、裏の戸口におふじの簪《かんざし》が捨てられているのが見つかった。

「おふじのやつ、どうしたんだ」

大五郎が呆然《ぼうぜん》と呟《つぶや》いた。

財布と簪を手に思案していた政次が言った。

「親方、宗五郎親分を呼んでようございますか」

大五郎が、

「おふじの身になにかあったか」

と聞くのへ、政次が答えた。

「そう考えたほうがようございます」

彦四郎が猪牙舟をかって、金座裏との間を往復することになった。そして、政次と亮吉は雪乃矢の裏口から船着場にかけて聞き込みを始めた。

三

最初の手がかりは船着場の外れであった。

船着場で参詣に訪れる人々に物乞いをするおこもの老婆の頭に櫛《くし》が飾られていた。雪乃矢に落ちていた簪と同じ鼈甲《べっこう》細工で、おこもが頭に飾る代物《しろもの》ではなかった。

「政次、あの櫛はどうだ」

それを見つけたのは亮吉だ。

物乞いを終えたおこもが寝泊まりする船着場の端っこは雪乃矢の裏口を見通せ、そう人目があるところではない。

「おこもさん、そいつをどうしなさった」

老婆は、そう聞く亮吉の顔を、
じいっ
と眺めていた。

「おこもさんには銭のほうがよかろうぜ」

亮吉は財布を出すと銭を何文か手に握らせた。

おこもの手がさらに亮吉の財布に伸びて、なけなしの銭を摑《つか》んだ。

「おれの飲み代だぜ」

政次が奪い返そうという亮吉の手を押さえた。

「その櫛を挿《さ》していた女の人のことを教えてくれまいか」

政次の頼みにおこもの老婆は、

「無理やりに船に乗せられた」

と答えた。

「無理やりに乗せたのはだれだ」

亮吉が急《せ》き込んで聞いた。

老婆から答えはない。

「男だろうね」

政次の問いに老婆が頷く。

「男たちに見覚えがあるのだね」

政次の問いに老婆の顔に恐怖が走った。

「おまえさんが見たことをやつらは承知なんだね、脅《おど》していったんだね」

老婆が小さく頷いた。

「ならば答えられることだけでいい、答えてくれ。男たちはなにを着ていた」

「半纏《はんてん》」

「半纏には印《しるし》があったかい」

老婆は再び口を噤《つぐ》んだ。

「ばあ様、知ってるのなら教えてくれ。女の人の命がかかっているかもしれねえんだ」

焦《じ》れた亮吉が急《せ》かせた。

が、老婆は答えない。

その顔には恐怖の色が漂っていた。

政次が推量したようにおこもの老婆はだれがおふじを攫《さら》っていったか、承知しているのだ。だが、脅されて口をきけなかった。

「口をきくのが怖いのなら、手真似《てまね》でもなんでもいいから教えてくださいな。私の仲間が言うように人ひとりの命がかかっているかもしれないんです」

政次の問いかけに老婆はしばし考えた後、手を地面に伸ばした。地面に大きな丸の輪を描いた。そして、鳥のような模様を中に入れた。

「印半纏には丸の輪に鳥が描かれていたのだね」

老婆が小さく頷いた。

「亮吉、まずはこいつを手がかりに探そう」

頷いた亮吉が老婆の頭から櫛を抜こうとするといやいやをした。

「おめえ、因業《いんごう》だぜ。おれのなけなしの銭を奪ったばかりか、櫛まで自分のものだとはな、そいつはおふじ様のものなんだよ」

亮吉が強引に奪い返そうとすると老婆は後退《あとじさ》りした。

「亮吉、櫛なんぞよりおふじ様の命だ」

と制止した政次が聞いた。

「最後にもう一つ答えてくださいな。女の人を乗せた船はどちらに向かいましたか」

老婆は大川の合流部の方角を指した。

「亮吉、両岸を別れて大川に進もう」

「政次、丸に鳥の模様の法被《はっぴ》が探す目当てか」

「ああ」

「ばあ様の言うことがあてになるか」

亮吉が吐き捨てた。

「手がかりはそれしかないんだ」

「番屋《ばんや》に引っ張って脅したほうが早いと思うがねえ」

「それはあとのことだ」

蓬萊橋《ほうらいばし》に立った二人は政次が南側を、亮吉が北岸を探して歩くことにした。

「亮吉、おこもさんの言うことを信じよう」

「おれはあてにならないと見たね」

と再び言い合った二人は二手に別れた。

富岡八幡宮と永代寺の門前町に並行して、大川から掘り抜かれた運河が延びて、合流部から武家方一手橋、三蔵橋、黒船橋、名なしの橋、蓬萊橋と五つの橋が架かっていた。

政次が歩く南側は佃町《つくだちょう》など町家がうっすらと運河に沿っているだけで、その奥は海辺《うみべ》新《しん》田《でん》の開拓地、さらには大名家の下屋敷などが広がっていた。

佃町ではなんの手がかりも得られなかった。次の名なしの橋で亮吉が受け持つ北側へといったん移った。というのも武家屋敷で運河沿いの道が途《と》切《ぎ》れるからだ。

独楽鼠の亮吉がふいに現われ、叫んだ。

「政次、丸に鳥の印なんて看板にもねえぞ」

二人は一緒になって深川蛤町《はまぐりちょう》をさらに西へと進んだ。

深川蛤町界隈は二人が探し歩く運河だけではなく、小さな堀が網の目のように張り巡《めぐ》らされ、永代寺門前町の色町を形成していた。

その曖昧宿を縄張りにする一家がいくつかしのぎを削《けず》っていたが、ふたりは深川蛤町と大島町を浮島のように独立させた島の一角にその看板を見つけた。

「政次、あったよ！　丸輪に鶴の印だぜ」

「どこの一家だ」

手先暮らしが長く、女郎買いにも詳《くわ》しい亮吉が、

「外記橋の鶴次郎一家さ。櫓下の曖昧宿を何軒も持って、この界隈を縄張りにするやくざ者だぜ」

そう答えてから、

「それにしても鶴次郎と綱定のおふじさんがどんな関係にあるんだ」

と自問するように呟《つぶや》いた。

政次は、亭主の大五郎が説明していた話から、おふじが吉原から振袖新造で売り出して

いた時代と関わりがあるのではないかとなんとはなしに考えていたが、黙っていた。

「政次、鶴次郎は強面《こわもて》の親分として知られている。ここいら界隈の人間に聞き込みしてもそうそう簡単に口を割るまい。忍び込むか」

と亮吉が言ったとき、堀に一隻の猪牙舟が姿を見せた。

矢のように飛ぶ姿は彦四郎の漕ぐ猪牙舟だ。

「親分が来なさった」

政次は堀端に走り寄り、手を振った。

「政次だ！」

と彦四郎が叫び、速度を緩《ゆる》めた猪牙舟が石垣の下に寄せられた。

猪牙舟には宗五郎親分の他に稲荷《いなり》の正太《しょうた》、常丸《つねまる》、だんご屋の三喜松《みきまつ》が乗っていた。

「政次、なんぞおふじさんの手がかりが得られたか」

宗五郎が厳しい顔で聞いた。

「外記橋の鶴次郎一家がおふじ様を攫った相手のようでございます」

と探索の成果を告げた。

「鶴次郎か、あまり評判のよくねえ野郎だな」

「親分、乗り込むかえ」

亮吉が今にも殴《なぐ》り込みそうな顔で聞いた。

「すぐにおふじさんをどうこうするということはあるまい。鶴次郎のことを知るにはしのぎを削っている人間に聞くことだ。稲荷、鶴次郎はだれと角突《つの》き合わせているんだ」

と稲荷の正太に聞いた。

正太はこの界隈の生まれだった。

「鶴次郎の喧嘩《けんか》相手は浮島《うきしま》の半蔵《はんぞう》だねえ」

「よし、稲荷の正太、おめえがおれの供をしろ。残りは鶴次郎一家の表と裏口を固めて待て、時間はそうかかるまいぜ」

へえっ、と一統の兄貴分のだんご屋の三喜松が承知した。

宗五郎と正太は身軽に猪牙舟から河岸に上がり、正太の案内で浮島の半蔵一家を訪ねようとした。政次が、

「親分」

と呼んだのはそのときだ。宗五郎が振り向き、

「なんぞ気になることがあるのか」

と聞いた。

「はい。見当違いかもしれません」

「言ってみねえ」

大五郎から聞いたばかりのおふじとの馴れ初め話を政次は告げた。

「政次、おめえは今度の一件におふじさんの前身が絡んでいるというのか」

「なんの確証があってのことではありません。ふとそう思ったのです」

「よし、腹に収めておく」

宗五郎はむろんおふじの前身を承知していた。

大五郎の親父が気風のいい男で、倅が惚《ほ》れた相手なら早めに落籍《ひか》せて嫁にしろと大枚を吉原に払ったと聞いたことがあったのだ。

親父の目にかなったおふじは今や綱定の堂々たる女将だ。

半蔵の本拠は鶴次郎が一家を構える橋際から一丁と離れていない二階家であった。なかなかの店構えで看板には、

「諸所請負人足」

とあった。深川の荷上げ人足を仲介する口入屋《くちいれや》を本業にしているらしい。

「ごめんよ」

宗五郎が暖簾《のれん》を分けた。

広い土間に三下奴が屯《たむろ》していた。

「半蔵はいるかえ」

宗五郎の問いに若い三下が顔を上げて、

「親分の名を呼び捨てにするおめえはだれだ」

と肩を怒らせた。

「金座裏で十手を預かる宗五郎だ」

穏《おだ》やかな応対に三下の顔色が変わり、

「これは金流しの親分さんで」

と一人が奥に飛んでいくと、間を置かず一家の代貸《だいがし》らしい男を連れてきた。

「これはこれは金座裏の親分さん」

中年男が揉《も》み手《で》をした。

「半蔵と話がしてえ」

「へえ、ならば奥へ」

頷いた宗五郎は稲荷の正太を玄関先に待たせて一人で奥に通った。

浮島の半蔵は若い女房相手に酒を飲んでいた。

「金座裏がご入来とはどうした風の吹き回しで」

「おめえの知恵を借りてえ」

「どんなこって」

「外記橋の鶴次郎のことだ」

「ほう、鶴次郎に御用ですかえ。小伝馬町《こでんまちよう》に引っ張る手伝いは同業の誼《よしみ》だ、したくはござ
いませんぜ」

と言いながらも半蔵は嬉《うれ》しそうな面付きをした。

「鶴次郎は吉原と関わりがあるか」

「そりゃ、曖昧宿の主でさあ。質《たち》のいい娘が入れば吉原に売り、吉原で問題を起こした遊
女を引き取る程度の付き合いはあるでしょうよ」

「昔の話だ。鶴次郎が吉原で惚れた遊女はいなかったかどうかということだ」

「ほう、そりゃいつごろの話ですねえ」

「十三、四年前のことだ」

「そのことならば三浦楼の玉藤かねえ、まだ振新でさ、ゆくゆくは三浦楼のお職《しょく》を張る太夫になろうと噂された女でしたよ。そいつに鶴次郎が惚れて通ったって話は聞きましたがねえ」

玉藤がおふじであることは政次から聞いていた。

「鶴次郎と玉藤の間には起請《きしょう》でも交わしたか」

「さあてね、わっしの知るところじゃあ、鶴の野郎が一方的に惚れて通ったって程度じゃございませんかね」

「半蔵、鶴次郎は手広く女郎屋をやっているようだが、用心棒は何人いるな」

「なんとか一刀流免許皆伝《めんきょかいでん》を自称する市村悦太郎《いちむらえつたろう》と仲間の水谷権九郎《みずたにごんくろう》の二人ですよ。市村にはうちも手を焼かされてまさあ」

「半蔵、おめえには都合のいい風が吹くかもしれねえ。今日、おれと交わした話は忘れろ」

「へえっ」

宗五郎は半蔵の居間を後にした。

宗五郎が政次だけを伴い、外記橋の鶴次郎の曖昧宿を訪ねたのは、夕暮れの六つ半（午後七時）の刻限であった。

表に残した手先を二手に分け、曖昧宿の表と裏口に待機させた。

表組は稲荷の正太、亮吉、それに船頭の彦四郎だ。裏口組はだんご屋の三喜松、常丸の二人だった。

「ごめんよ」

遣手《やりて》は宗五郎の風体《ふうてい》を見て、客ではないと感じたようで声もかけずに黙り込んだままだ。

「鶴次郎に会いてえ」

「どなた様で」

「金座裏の宗五郎だ」

と宗五郎が言ったときには土間から上がり框《がまち》に飛び上がっていた。

政次も続いた。

二人は大階段を回り込むように帳場に向かった。

「お待ちなさって！」

遣手が後を追ってきた。

大きな神棚がある居間には長火鉢が置かれて、大座布団に顔色の浅黒い男が煙管《キセル》をふかしていた。

「お、おめえはだれだ」

同席していた代貸格の兄貴分が立ち上がりかけた。

「鶴次郎、金座裏の宗五郎だ」

びしりと機先を制してその鼻先に宗五郎が言い放った。

「金座裏がなんだって、深川くんだりまで伸《の》す」

宗五郎が長火鉢をはさんで鶴次郎の前に座った。

政次はその後ろに片膝《ひざ》をついた。

「鶴次郎、先ほど門前町の料理屋雪乃矢から攫ってきた女を大人しく出しねえ。おめえの態度如何《いかん》によっちゃあ、この宗五郎、慈悲を考えねえでもねえ」

「なにを吐《ぬ》かしやがる、言いがかりをつけるねえ！」

鶴次郎が叫んだ。

「証拠もなくて金流しの十手が動くと思うか」

宗五郎が一睨《ひとにら》みした。

「金座裏の、知らねえものは知らねえと言うほかはねえんだよ」

隣座敷に人が蠢《うごめ》く気配がして、殺気が満ちた。

「政次、見せてやんな」

後ろに控えた政次が懐から鼈甲の櫛を出して見せた。

「この櫛はその昔吉原の振袖新造玉藤と名乗っていた女の頭にあったものだ。おめえたちが雪乃矢の裏口から女を担ぎ出すときに髷《まげ》から落ちたものよ。そいつをおこものばあ様が拾ったのさ。おめえたちはおこもを脅して口を封じたつもりだろうが、そうはいかねえぜ」

宗五郎は政次をおこもの許《もと》にやって、櫛を借りてこさせていたのだ。

「糞《くそ》っ！」

鶴次郎が叫ぶと同時に隣の部屋の襖《ふすま》が押し開けられ、三下奴が長脇差《ながわきざし》を閃《ひらめ》かせて飛び込んできた。

宗五郎の手が火鉢の鉄瓶《てつびん》にかかり、その柄《え》を摑むと飛び込んできた子分たちの面前に投げた。

熱湯が振り撒《ま》かれ、鉄瓶に顔を打たれた子分が政次の前に倒れ込んできた。

政次が長脇差を拾って構えた。

「金座裏の宗五郎と手先ひとりだ、やっちまえっ！」

鶴次郎が叫んだ。

「鶴次郎、金流しを小馬鹿にしくさったな」

にたりと笑った宗五郎が、

「政次、一暴れしねえな」

と命じた。

政次が片手に長脇差をゆっくりと正眼《せいがん》に構えたが、片膝のままだ。

「鶴次郎、おめえの自慢の用心棒市村某《なにがし》というのはどっちだえ」

宗五郎が聞くと、着流しの浪人が子分たちを掻《か》き分けるように姿を見せた。

黙って政次を睨《にら》んでいたが、剣を抜いた。

屋内の闘争に合わせ、突きの構えをとった。

それに対して政次は長脇差を片膝正眼においたままだ。

二人の間には鴨居《かもい》があった。

政次はそのことを考えて片膝の姿勢を保持していた。

市村悦太郎の突きは政次の姿勢に合わせて、切っ先が低く下げられた。

間合いは一間《けん》を切っていた。

突きの姿勢で突進するには狭い屋内だ。

政次もまた片膝をついているだけに動きが封じられていた。

睨み合っていた二人が期せずして、息を吸い、止めた。

直後、市村悦太郎の必殺の突きが政次の喉首《のど》に向かって伸びた。

間合いを計っていた政次の長脇差が切っ先を弾き、その長脇差が機敏にも翻《ひるがえ》って、飛び込んできた市村の右裾《すそ》から胸へと斬り上げていた。

ぎええっ！

市村が叫ぶともんどりを打って倒れ込んだ。そして、長身の政次がゆっくりと立ち上がった。

金流しの十手を翻した宗五郎が長火鉢を飛び越え、鶴次郎の眉間《みけん》を発止《はっし》と叩いた。

くたっ
と鶴次郎が横倒しに倒れ込んだ。

「やりやがったな、殺せ！」

と代貸格が叫んだ。

「おめえら、宗五郎と政次の二人で乗り込んできたと思ったか。この家は表も裏も固めてあるんだよ。大人しく女を出せばよし、抗《あらが》うとあらば、金流しがおめえら全員を小伝馬町の牢屋敷に引き立てるぜ！」

宗五郎の啖呵《たんか》に圧倒されたか、外記橋の鶴次郎一家の面々からみるみる闘争心が消えた。

その瞬間、待機していた稲荷の正太ら表組と裏組が雪崩《なだ》れこんできて、大勢は決まった。

「おふじさんはどこにおられる」

宗五郎の最後の一睨みに、

「ふ、布団部屋に」

代貸格が答えると、大きな体の彦四郎が、

「女将さん」

と叫びながら布団部屋に突進して、おふじ誘拐《ゆうかい》の一幕は終わった。

初更《しょこう》、月明かりに照らされた大川を二隻の猪牙舟が舳先を並べるように渡った。

彦四郎が船頭の猪牙舟の真ん中には、綱定の大五郎とおふじが寄り添って乗り、前後に宗五郎と政次、亮吉らが分乗していた。

「宗五郎さん、飛んだ墓参りにしちまったぜ」

ようやく落ち着きを取り戻した大五郎が宗五郎を振り返った。

大五郎はおふじの姿が消えた後、雪乃矢でやきもきしながら、吉報を待ち続けていたのだ。

「なあに、大五郎さんとおふじさんの仲のよさを改めて見せられた出来事と思えばどうってことはあるまい」

と応じて宗五郎が言った。

「おふじさんこそ飛んだ災難だ」

「十数年も前の縁がこんな災《わざわ》いを生むなんて驚きました。わたしゃ、いよいよとなれば舌を嚙《か》み切って死ぬ覚悟でした」

「女将《おかみ》さん、金座裏の亮吉が付いていて、そんな目に遭《あ》わせるようなこたあ、金輪際《こんりんざい》ございませんぜ」

と亮吉が、
どーん
と胸を叩いた。

「独楽鼠が、金輪際ございませんぜときたか」

と宗五郎が言葉尻《じり》を捉えて、船に笑い声が起こった。

第三話　古碇盗難の謎

一

伊香保《いかほ》の湯治《とうじ》はすでに十日を過ぎて、そろそろだれもが江戸の明かりが恋しくなっていた。かといってだれかが、

「江戸に戻りましょう」

と言い出したわけではない。それぞれに思いがけない命の洗濯《せんたく》を楽しんでいるのも事実だった。

小僧の新吉《しんきち》など土地の子と一緒になって遊び呆《ほう》け、手代《てだい》の重松《しげまつ》に、

「新吉、江戸に戻ってもものの役に立ちそうにもありません。おまえだけ伊香保に残りなさい」

と怒られていた。

重松は時間を決めて習字や帳簿付けの稽古《けいこ》をして、お店《たな》に戻っても、

「湯治に付き添って呆けられたか」

と番頭に小言を言われぬように必死で努めていた。その重松が新吉も一緒に手習いをと目を光らせるのだが、新吉はいつの間にか旅籠《はたご》の外に抜け出しているのだ。

その二人の行状を見た松六《しょうろく》が、

「小僧と手代の年季の違いですな。新吉はまだお店奉公が身についてないのです」

と苦笑いし、

「一方、重松は金座裏《きんざうら》に移った政次《せいじ》のことを奉公人の雛形《ひながた》と崇《あが》めているそうですから、覚悟が違いますよ」

と政次のことを引き合いに出した。

松六とおえいの座敷で昼下がりの茶を楽しんでいるときのことだ。

「政次さんはどこに行っても、一廉《ひとかど》の人物になれたのですね」

と豊島屋《としまや》のとせが言い出し、政次の話題に移った。

「うちではいつ金座裏の十代目の披露があるのかと首を長くしてますよ」

この話の場にいたのは松六とおえい夫婦、とせ、おみつにしほの五人だ。いわば身内同然の人間ばかりだ。それに気を許したわけでもあるまいが松六が、

「そう遠いことではありますまい」

と請け合い、しほに矛先《ほこさき》を向けた。

「しほ、そうなると彦四郎《ひこしろう》や亮吉《りょうきち》との付き合いが変わってくるかね」

「さてどうでしょう。彦四郎さんも亮吉さんも政次さんが宗五郎《そうごろう》親分の後継として金座裏に来られたことを承知しておられます。そのときになって、慌《あわ》てたりしないように自分の気持ちをすでに整理されておられるように思います」

「おまえはどうだ」

「私ですか。私は政次さんが手先《てさき》でいようと親分の跡継ぎになろうとお付き合いが変わるとも思いません」

松六が頷《うなず》いた。

「となれば宗五郎親分の腹ひとつかな、おみつさん」

「うちのは諸々《もろもろ》納得しないと口にしない頑固者です。腹でなにを考えているか、長年夫婦をやっていても知れませんからね」

と笑った。

「おみつさん、もし政次さんが宗五郎親分の後継となれば金座裏の養子ということだよね。いきなり大きな倅《せがれ》ができる気分はどんなものだろうねえ」

とせがおみつに聞いた。

「さて、うちには子ができませんでしたからねえ、宗五郎も私も子供の扱いには慣れていませんのさ。それにしても政次が倅と言われてもねえ、当座は戸惑《とまど》いましょうよ」

おみつが困ったような嬉《うれ》しいような表情で答えたものだ。

そのとき、いつも無口の老女おえいが口を開いた。

「おみつさん、なんの心配がいるものですか。政次に嫁を貰《もら》えば、おまえ様の戸惑いも消えますよ」

「嫁ですか」

「おお、ここにおるしほを一緒に養女に貰いなされ。政次としほ、お似合いの夫婦になります」

普段《ふだん》あまり口をきかないおえいがずばりと言い出して、おみつも、

「そりゃあ、ご隠居、私だってしほちゃんがうちに来てくれれば文句はないんですがねえ」

と、しほを見た。

しほは思いがけない話に口をきけないでいた。

「しほ、この際だ。この松六が一肌ぬいでもいいよ。おまえがうんと言うのなら、宗五郎さんとおみつさんに相談しようじゃないか」

四人の視線がしほに言った。

「皆様にしほのことを気にかけていただき、真にありがとうございます。ですが、このお話、まずは政次さんが金座裏の養子になることが先のような気がします。その上でとくと十代目宗五郎にふさわしい嫁をお探しになればよいことです」

「しほ、おまえは政次が嫌いですか」

おえいが重ねて訊《き》いた。

「政次さんが嫌いだなんて。私、松坂屋さんの手代だったときから政次さんのことは感心してみてきました。自分のことだけではなく、周りのことにも気を遣《つか》って生きておられます。ときにもう少し亮吉さんのように自由に過ごせばよいのにと思うときもあります。宗

五郎親分の跡目を継ぐのは大変なことでしょう。ですが、長い目で見ていただければ、政次さんは九代目とは違う、立派な親分になられると思います」

その場にいた全員が頷いた。そこへ、

「ご隠居、また新吉がどこぞに遊びに出ておりません、見つけに行って参ります」

と険《けわ》しい顔の重松が許しを得に来た。

「重松、おまえも苦労性の口だねえ」

と笑った松六が許しを与えようとした。

そのとき、しほが、

「ご隠居様、重松さん、よろしければ私が新吉さんを探しに行って参ります。ちょっと買い物もございますので」

と代役を名乗り出た。

しほは、重松が新吉を躾《しっ》けようと頭ごなしに怒鳴りつけるところを何度か目撃していたからだ。

「そうしてくれるか」

「はい」

「ならば重松、私と湯に付き合っておくれ」

松六もしほが気にかけていることを承知していたらしく、しほに新吉探しを頼んだ。

しほは石段の途中にある木暮屋《こぐれや》を出た。

刻限は七つ（午後四時）前か。湯治客たちが丹前《たんぜん》姿で湯巡《めぐ》りをしたり、蒸《ふ》かし饅頭《まんじゅう》を売る小店に集まったりしていた。

しほは石段をまっすぐに登った。伊香保神社に参り、ざわついた胸の中を鎮《しず》めようと考えたからだ。

まさかおえい様が政次の嫁にしほをなんて言い出すとは、想像もしていなかったことだ。

しほは政次が嫌いどころか、二人で所帯をもてればいいなと夢見てきた。だが、政次が松坂屋から金座裏に移り、その背景には宗五郎の跡継ぎの問題があると分かったとき、しほは素直に、

「政次が好きだ」

と言えなくなっていた。

政次と所帯を持つことは金座裏のお上《かみ》になることだ。

おみつの代役などとても務められるわけもない。それに長屋暮らしの一人娘が玉《たま》の輿《こし》に乗ったと思われるのかと考えると、自分の気持ちに素直になれなかったのである。

しほは石段を登りつめて伊香保神社の境内に出た。まずは拝殿に向かい、その前で瞑目《めいもく》して両手を合わせた。

「神様、しほは、どうすればよろしいのでございましょう」

一心にお祈りした。

なんの啓示も授からなかったが、しほの気持ちは鎮まっていた。すべてはなるようにし

かならないのだ。それが独り生きてきたしほの考え方だった。

そのとき、

わあっ

という子供の歓声が神社の拝殿の横手から沸《わ》き起こった。

しほは足を向けた。すると小さな広場に子供たちの輪ができていて、輪の中では七間もの長竿《ながざお》の先端に十五、六の娘が乗り、竿の先端に駆けられた輪っかの紐《ひも》を片手にかけて、逆立ちなど曲乗りを披露していた。そして、その竹竿の下方を肩に乗せて、均衡《きんこう》を保っているのは屈強な肉体の若者だった。年の頃《ころ》は十九歳くらいか。

「さよ、もちっと竿の中心に体の真ん中を乗せてやらなきゃあ、唐吉《とうきち》が可哀相《かわいそう》だぜ」

拝殿の回廊に座った老人が注意を与えた。中気《ちゅうき》でも患《わずら》っているのか、半身と口が不自由のようだ。

曲乗りを見物する中に新吉もいた。

しほは懐《ふところ》から画帳を出すと、曲乗りをするさよと唐吉、そして、見物の子供たちの光景を、さらさらと何枚か描いた。

亡《な》き母が父と流浪の旅をしていたとき生きがいとしていたのが、四季の風景や万物の生長を描くことだと知ったのは、最近のことだ。

そのとき以来、母が残した絵筆で絵を描き始めていた。

今では絵を描くことはしほの暮らしの一部となっていた。

湯治行でも新しい画帳を数冊用意して、

「伊香保画帳」

と題して旅で出会った人物やら風景を描き続けてきた。湯に浸《つ》かる土地の老女や農夫たちの写生だけでもすでに二冊を超えていた。

しほは、さよのしなやかな妙技と唐吉の大力を生み出す筋肉の盛り上がりなどを夢中で描写していった。

長竿の上の娘は五間ほどの竿を肩に、均衡をとりながら、左手首を紐にかけて、なんと虚空にぶら下がった。

長竿は満月のようにしなり、下の若者が必死で均衡を保とうとしていた。

娘は片手でぶら下がりながら、

くるり

と体を回して見せた。

わああっ

と見物の子供たちが歓声を上げた。

しほは夢中で写生に没頭していたが、ふとだれかに見詰められているようで顔を上げた。

すると先ほどまで拝殿の回廊に座っていた老人が、しほのかたわらにいつの間に移動してきて、絵を覗《のぞ》いていた。

「土地の者ではないな」

「ごめんなさい、断りもしないで描いてしまって」

しほが謝ると、

「なあにそんなことはどうでもいい。江戸から来なさったか」

「はい。知り合いのご隠居のお供で十日ほど前から伊香保におります」

と答えて、しほは聞いた。

「曲芸の一座にございますか」

「うむ、田舎《いなか》回りの芸人さ」

と曖昧《あいまい》に返事しながら老人が言った。

「長年の無理が祟《たた》ったか、中気を患ってしまってな、体の左半身が動かなくなった。曲芸が半身不自由ではどうにもならないや、唐吉とさよの兄妹を伴い、湯治にやってきたところさ」

老人の口は少しばかり引っかかりがあったが、言葉遣いは江戸のものだった。

「ご老人も江戸から参られたので」

「曲芸は祭りから祭りを追っての旅だ。江戸が住まいというわけでもありませんや」

そう答えた老曲芸師は、

「わっしは竿乗りの宇平《うへい》と申します」

と名乗った。

「私は江戸鎌倉河岸《かまくらがし》の豊島屋に勤めるしほと申します」

「鎌倉河岸の豊島屋さんといえば白酒《しろざけ》で名代《なだい》の酒問屋かね」

「はい」

「姉さんは絵が上手だねえ」

「亡くなった母が手慰《てなぐさ》みに描いていたものですから」

「おっ母さんの血筋かえ、なんともこつを心得てなさる。それに比べりゃ、さよの竹竿乗りはまだまだだ」

稽古は一休みになったか、輪が解けてさよと唐吉が宇平の許《もと》に来た。

「さよ、見てみな。この娘さんの絵をよ」

と宇平が孫娘を呼んで、しほの絵を見るように言った。

「おまえの欠点までも描き出されておる」

さよと唐吉が自分たちの動きを描写した写生の数々に歓声を上げて、

「おじいちゃんの小言よりよく分かるわ」

とその場で体の動きをなぞった。

「父つあん、おれの苦労まで描き込まれているぜ」

と、唐吉も両足を踏ん張り、腰のあたりで均衡をとる様子を指した。

「お姉さんは絵師なの」

さよが無邪気に聞いた。

「宇平さんにも申しましたが素人《しろうと》の遊びですよ」

「遊びにしては大したものだわ。私の竿乗りなんてまだまだねえ」

とさよはあくまで屈託《くったく》ない。

「さよ、爺様《じい》がこのざまだ。おめえがこれから頼りなんだ。ちったあ、心魂入れて芸に励《はげ》め」

宇平の激励にさよが複雑な表情を見せた。

しほはなぜか暗い陰が走ったようだとそのとき思ったものだ。

「よし、もうひと頑張りだぞ」

さよと唐吉が今一度しほの絵を覗き込み、芸の決めの姿勢の悪いところを頭に叩き込んで稽古に戻った。

唐吉が竹竿を、
ひょい
と肩に立て、両手で軽く支えた。

さよが呼吸を計っていたが唐吉の膝《ひざ》を足場に猿《ましら》のように機敏に肩に上り、さらに竹竿に両手をかけるとするすると先端へと上がった。

竹竿とさよを支える唐吉が両手を離して広げた。

さよを乗せた竹竿は、唐吉の肩の上にしなりながらも立っていた。

今度は竹竿乗りの稽古の二人より、注意を与える宇平の表情を描いていった。

四半刻《しはんとき》（三十分）ほどして稽古が終わった。

ふと気付くと新吉の姿が伊香保神社の境内から消えていた。

しほが迎えにきたことを知り、急いで木暮屋に戻ったか。それならばそれでよいとしほは画帳を閉じた。

「宇平様方は明日もここで稽古をなさいますか」

「われらは神社下の木賃宿《きちんやど》に泊まっておりますでな、ここが庭みたいなものですよ」

「私は木暮屋さんにお世話になっております」

「伊香保で一、二を争う湯治宿だ」

と笑った宇平が、

「しほさん、明日またお会いしましょうかな」

と別れの挨拶《あいさつ》をした。

しほが神社の石段を下りようとすると、かたわらの路地から新吉の顔が覗いた。

「姉ちゃん、おれを迎えに来たのかい」

「そう、重松さんに代わってねえ」

「手代さんは怒っていたかい」

「新吉さんが言うことを聞かないからでしょう」

「だってよ、手代さんたら旅に出た途端《とたん》、小うるさいったらありゃしないや。まるで番頭さんが十人も集まったようだぜ」

しほと新吉は肩を並べて、石段を下り始めた。

湯治の宿に行灯《あんどん》の明かりが点《とも》り、石段の両脇の側溝から湯煙が白く上がった。急に寒さが増したようだ。そろそろ雪の季節が巡り来る。

「新吉さんは松坂屋に奉公に出て何年目なの」

「おれかい、二年半だ」

しほは新吉が奉公したてかと思っていたので驚いた。

普通十四歳か十五歳で丁稚《でっち》奉公に出る。二年半も過ぎたというのに、新吉は十四歳にはなってはいまい。

「姉ちゃん、おれのお父つあんは石工《いしく》でよ、仕事場で積み石が落ちてきて死んだのさ、二年半前のことだ。そんでおれが十一歳で口減らしに奉公に出されたってわけだ」

「十一歳で奉公ですか、寂《さび》しかったでしょうね」

「仕方ねえさ、貧乏人はよ。姉ちゃんだって親兄弟もねえんだろ」

「そう、母も父も亡くなったわ」

「寂しいか」

「旦那様やら内儀《おかみ》様やら友達もいるから寂しくはないわ」

「人それぞれさ、おれだって松坂屋に帰ればちゃんと一人前の奉公をするよ」

「湯治のうちは遊びためておくの」

「手代さんがうるさくなきゃな」

「重松さんは新吉さんの面倒を見なきゃあと必死なのよ」

「ちぇっ」

と舌打ちした新吉が言った。

「おれはさ、同じ手代さんでもよ、政次さんは好きだったがな」

「手代の頃の政次さんを知っているの」

「ちょっとの間だけな。金座裏の親分のところに貰われていってさ、がっかりきたぜ」

「戸田《とだ》の渡しまで政次さんも見送りに来ていたわ、話したの」

「だって政次さんの顔はもう手代じゃなかったぜ。手先の目付きでよ、険しい顔をしていたぜ」

「そんな風に見ている小僧さんがいると知ったら、政次さん、きっと驚くわ」

「夜中に寝小便していた新吉がそう言っていたと伝えてくんな」

「江戸に戻ったら早速話すわ」

二人はそのとき木暮屋の前に来ていた。

しほの目の前を白いものが通り過ぎた。曇天《どんてん》の空を見上げたしほが、

「あら、雪が」

と言い、新吉が、

「仕方ねえ、手代さんのお小言を食うか」

と覚悟を決めたように湯治宿の玄関へと入っていった。

二

御堀から巻き上げるような冷たい風が鎌倉河岸に吹き上げ、小僧の庄太《しょうた》が、

「山から木枯らしがおりてきたぜ」

と箒《ほうき》を持つ手を休めた。そこへ大旦那《おおだんな》の清蔵《せいぞう》が姿を見せて言った。

「山は雪かも知れないね」

「内儀《おかみ》さん方が戻ってこられますかね」

「根雪《ねゆき》になる前に伊香保を発《た》とう」

「三、四日したらまた賑《にぎ》やかになりますね」

「しほ目当ての客が多いからね」

豊島屋は酒問屋でありながら、鎌倉河岸に集まる船頭や駕籠《かご》かき、武家屋敷の奉公者、職人たちを相手に酒を飲ませ、名物の田楽《でんがく》を売った。

酒は上方からの下《くだ》り酒《ざけ》、香りのよい味噌を載せた田楽も大ぶりで値も安い。代々の豊島屋の主たちは、

「小売りで儲《もう》けるな。上酒の味を知ってもらえばよい」

と言い伝えてきたのだ。それだけに毎晩大勢の客が押しかけたが、ここのところ、

「なんだい、しほちゃんは今晩もいないのかい」

「湯治なんて年寄りの行くものだぜ。若い娘が肌に磨《みが》きをかけてよ、おれの嫁になろうと

いうのかえ」

などと勝手なことを言っていたのだ。

しほが豊島屋に馴染《なじ》んでいるということだが、それだけに清蔵はしほが鎌倉河岸を去る日を考えて、急に寂しくなった。

「まあ、すぐにはそんな日は来ますまい」

と呟《つぶや》く清蔵と庄太の視界に独楽鼠《こまねずみ》の亮吉が尻《しり》をからげて走ってくるのが見えた。

金座裏のある龍閑橋《りゅうかんばし》の方角からではない。

三宿稲荷の角を曲がってきたところを見ると、大方むじな長屋に顔を出してきたのか。

亮吉は母親のせつと二人で、鎌倉河岸裏のむじな長屋に住んでいたが、まず大半は金座裏の二階部屋に住み暮らしていた。

「おおっ、さぶっ」

「おっ母さんは元気だったかね」

「元気も元気、たっぷり小言を食ってきたぜ」

「近くに長屋がありながら戻るのは月に一度か二度だからねえ。せつさんが怒るのは無理もあるまい」

「旦那、それもあるがさ、むじな長屋に新しい住人が入っていやがってさ、そいつが亮吉様の顔を知らないのさ。怪《あや》しげな風体《ふうてい》である、そこもとはだれか、などと髭面《ひげづら》で偉そうに聞きやがった」

「その様子だとお侍かな」

「貧乏暮らしが親父の代から染みついた浪人者だな。人は好《よ》さそうだったがねえ、うちの長屋に浪人が入るなんて珍しいぜ」

「仕事を求めて諸国から江戸に流れ込んでこられるが、なかなかうまい具合には仕事はないからね」

木枯らしが夕暮れの鎌倉河岸を吹きぬけて、今度は彦四郎が大きな体を見せた。

「金主が来た。庄太、酒と田楽だ」

亮吉が彦四郎の懐《ふところ》を目当てに注文した。

「たまにはおれが払おうなんて台詞《せりふ》はその口から出ないのかねえ」

と言いながらも清蔵が庄太に、

「彦四郎は川っ風に吹かれてきたんだ。早く熱燗《あつかん》を用意しておやり」

と命じた。

庄太が箒を片手に店に飛び込んでいった。

「清蔵様、しほちゃんが帰ってくるって話はまだありませんかえ」

彦四郎が清蔵に聞いた。

「江戸に木枯らしが吹くようだと伊香保は雪だよ。おっつけ松六様ご一行も江戸に戻ってこられよう」

彦四郎と亮吉は台所との出入り口近くの席に陣取った。

庄太が熱燗にした大徳利《おおどっくり》を運んでくると、二人は一杯目を息を合わせたように飲んで、
ふーうっ
と息を同時についた。

「やっぱり寒いときは酒だな」

水の上が仕事場の彦四郎がしみじみと言い、

「そうだ、思い出した」

と続けた。

「なんだい、急に」

「さっきよ、佃島《つくだじま》まで客を送ったと思いねえ。白魚の網元の旦那だ」

佃島の歴史は寛永《かんえい》年間に摂津《せっつ》の西成《にしなり》郡佃村の漁師が大川河口の鉄砲洲《てっぽうず》沖を幕府から拝領したときに始まる。

この佃村の漁師は徳川家康《とくがわいえやす》が京に上がった天正《てんしょう》年間（一五七三〜九二）に神崎川《かんざきがわ》に漁師舟を出したことから、御膳の魚の納入などの特権を得ていた。

また家康が江戸に居城を定めるときも数人の佃村の漁師が従ったといわれる。そして、鉄砲洲沖を拝領して、浅草川の白魚漁などの権利を独占していた。

「佃島でよ、近頃漁師舟の碇《いかり》がしばしば盗まれるのだと」

「碇だけか」

「舟には手をつけねえ、碇だけだ。それも古碇だと」

「潮っ気をたっぷり含んだ古碇なんて盗んでどうしようというのだ」

「さあてな」

と片手で不精髭《ぶしょうひげ》の顎《あご》を撫《な》でながら彦四郎が、

「心中者が体に碇を巻きつけてよ、海に飛び込むんじゃねえか」

とぶっそうなことを言った。

幕府では相次ぐ心中立てに厳しい掟《おきて》を決めていた。生き残った心中者のうち男は処刑され、女は非人《ひにん》溜めに送られた。望みどおりに死んだとしても死骸《しがい》は人前に何日も晒《さら》された。

「義経千本桜《よしつねせんぼんざくら》の碇知盛《ともまり》じゃねえや、碇を巻いて海中に飛び込むものか」

「そうかねえ」

そのとき、彦四郎と亮吉の会話はそれで終わった。

翌日の昼前、金座裏に一人の客があった。

応対したのは下駄貫《げたかん》と常丸《つねまる》で、下駄貫はその客がすぐに人形町《にんぎょうちょう》のうぶけやの主人の銀之丞《ぎんのじょう》と分かった。

「うぶけやの旦那、なんぞ御用にございますか」

銀之丞は下駄貫に正体を名指しされて、

「宗五郎親分に内密のお願いが」

と答えた。すぐに居間に通された銀之丞はまず神棚の三方《さんぼう》に置かれた金流しの十手《じって》に目をやった。

「親分、あれが有名な金流しの十手ですか。お初にお目にかかりますよ」

金流しの十手は金座長官後藤《ごとう》家からの贈り物だ。

その昔、二代目宗五郎が金座に押し入った強盗一味と格闘して、片手を斬《き》り落とされながらも撃退した。そのことに感謝した後藤家では玉鋼《たまはがね》に金をまぶした一尺六寸の長十手を造り、贈ったのだ。

その武勇を伝え聞いた時の将軍家光《いえみつ》が、

「金流しの十手を見たい」

と所望され、謁見の栄を得た。以来、

「上様《うえさま》お許しの金流しの十手」

は金座裏の宗五郎の金看板となったのだ。

うぶけやの銀之丞が金流しの十手に関心を持ったのは商売柄のことだ。

人形町のうぶけやは、江戸の名代の毛抜き屋の主なのだ。毛抜きもまた地金を使う商いだ。

それにうぶけやの毛抜きは、

「あたりが柔らかい」

と評判の道具だった。

「うぶけやの旦那が金座裏に御用とはまたなんですねえ、金の毛抜きを造るなんて相談はうちじゃあ無理だ。表の金座に行ってくれませんか」

金流しの十手からようやく目を離して長火鉢の前に座った銀之丞に宗五郎が笑いかけた。

「親分、金だけでは毛抜きは造れませんよ。金流しの十手の土台が玉鋼のようにね」

「するとなんぞ他の御用ですか」

居間に常丸が茶を運んできて、話が中断した。

銀之丞が口を開いたのは宗五郎と二人になったときだ。

「うちの職人の一人が鎌倉河岸の豊島屋さんの贔屓《ひいき》でねえ、仕事帰りによく顔を出すらしい。昨日も立ち寄って飲んだそうな」

宗五郎は思わぬ展開にただ頷いた。

「そのとき、金座裏《こちら》の若い衆が話しているのが耳に入ったそうなんで」

「なんぞうちの手先がくっ喋《ちゃべ》りましたかえ」

「佃島でしばしば古碇が盗まれるという話なんで」

ほう、と相槌《あいづち》を打った宗五郎は、亮吉を呼んだ。

昨晩も二階の部屋で泊まり込んだ独楽鼠が、

「親分、用事かえ」

と顔を出した。

「亮吉、ゆうべも豊島屋さんで彦四郎と無駄話をしたか」

「へえ、そろそろ松六様方が伊香保から江戸に戻ってこられようとかそんなこった」

「佃島で古碇が盗まれる話をだれに聞いた」

「そりゃ、彦四郎がさ、佃島の白魚漁の網元を猪牙舟に乗せたときに聞いた話だぜ。おれがなんで古碇なんぞばかりが盗まれると不思議がっているとさ、彦四郎の奴《やつ》め、心中者が体に巻きつけて海に飛び込むのよと答えていたが、それがなにか厄介《やっかい》かえ」

「うぶけやさん、聞いてのとおりだ。うちの手先じゃねえ、話したのは彦四郎って船頭だが」

と宗五郎はうぶけやの主を見た。

「話は分かりました。古碇は心中者が盗むのではありますまい、用途があって盗んでおるような気がします」

銀之丞はなにか迷う素振《そぶ》りで答えた。

「うぶけやの旦那、事情を話してくれますまいか。おめえさんの都合の悪いことなら、宗五郎がそれなりに考えよう。だが、話してくれないんじゃあ、どうにもならねえ」

しばし考えた銀之丞は大きく頷くと、

「宗五郎親分にお任せしましょう」

と迷う気持ちを振り払った。

「うぶけやさん、御用のことだ、二度手間にならねえように手下に話を聞かせていいかえ」

「親分にお任せしたのですからご自由にして下さいな」

「亮吉、皆を呼べ」

へえっ、と立ち上がった亮吉が二階部屋に待機していた八百亀《やおかめ》ら手先を居間の隣の大座敷に呼び寄せた。

「金座裏には大勢の手先がおられるので」

と驚いた銀之丞が茶で舌を湿《しめ》して話し出した。

「うちの毛抜きは天下一品、江戸でもうちだけの毛抜きにございます。たかが毛抜きでございますが、仕掛けが簡単なだけに肌にやわらかく毛を抜いたときも痛みが感じない技は門外不出にございます」

「うーむ」

と宗五郎は頷いた。

宗五郎の家でも物心ついたときから、うぶけやの毛抜きを使ってきた。

旅に出たときなど土地のものを購《あがな》ったこともあるが、まるでその感触が違った。

「宗五郎親分、私には一人娘のおみねがおりましてな、職人の京太郎《きょうたろう》とゆくゆくは所帯を持たせて、私の跡を継がせたいと思っておりました。二人もその気であったように思います」

「京太郎さんは腕のいい職人なのでございますな」

はい、と答えた銀之丞が続けて言った。

「毛抜き職人は根気です。なにしろ地金を焼いては金床の上で叩き、焼いては叩きの繰り返しの作業ですからな。この単純な鍛えが毛抜きの命です、金床と金槌《かなづち》が水平でないと地金に傷がつき、使ったとき、痛い毛抜きができます。京太郎はこの地金鍛えの技が見事なのです」

宗五郎は長火鉢の小引き出しから毛抜きを取り出して見た。ただ一枚の地金を叩いて伸ばしたと思っていた道具には職人の修練の技が込められていたのだ。

「長いこと大事に使っていただいておりますな。それはうちで甲丸と呼ぶ毛抜きで、私の親父が鍛え上げたものです」

と一目で見抜いた。

「一人前の毛抜き職人になるには早い者で二十年の修業が要《い》ります、それを京太郎は半分の十年で飲み込んだ器用さを持ち合わせておりました。私は京太郎の技前と、一を教えたら十を悟る利発さに惚《ほ》れこんで、おみねと所帯を持たせようと考えたのでございますよ」

そう言って銀之丞は深い溜息《ためいき》をついた。

「それが今年の初めのことです。ふうーっと京太郎の姿がうちから消えました。京太郎は川崎《かわさき》宿の小さな旅籠の倅《せがれ》で、親父もお袋も京太郎が十五、六のときに亡くなっております。妹が一人いたそうですが、どこぞの宿場の女郎《じょろう》に叩き売られたとか、天涯孤独の身の上といっていい男でした。うちには十七歳で弟子入りしたのです」

「職人奉公としては遅うございますな」

「はい、三、四年は遅い弟子入りでした。それは相州《そうしゅう》鎌倉の刀鍛冶《かたなかじ》のところに修業していたからです」

「刀鍛冶を辞《や》めた理由はなんですな」

「刀鍛冶の棟梁《とうりょう》が亡くなり、跡を継ぐ者がいなかったそうで弟子はちりぢりになったようです。いったん川崎宿に戻った京太郎を、町名主《まちなぬし》が刀鍛冶の釜《かま》の飯を食ったのならとうちに連れてきたのです。刀鍛冶のところで鞴番《ふいごばん》を修業していた京太郎の火の扱いはすでに一人前でしたよ」

「一人前になった京太郎がうぶけやさんから無断で出た理由は女ですか」

「いい年の男です。仲間と吉原《よしわら》などに遊びに行くことはあったでしょう。だが、だれといって馴染《なじ》みの女がいた風には見えません」

「うぶけやさんの気がかりはなんですな。まさか京太郎を探してほしいという頼みではありますまい」

「金座裏にそのようなことは持ち込めません。いえね、こいつです」

銀之丞が懐《ふところ》から手拭《てぬぐ》いを出して、一本の毛抜きを出すと宗五郎に差し出した。

宗五郎は受け取ると親父の代から使い込んできたうぶけやのそれと並べて見た。

「素人《しろうと》目だがなかなかの作と見ました。うぶけやさんの毛抜きではないので」

「違います」

銀之丞が腹立たしげに吐き捨てた。

「京太郎の作ですかな」

「おそらく間違いございますまい」

「京太郎は別の工房に住み替えたということですか」

「毛抜きはうぶけやで名が通っております。よその名で毛抜きを出しても半値にも売れますまい。だが、この技でうぶけやと打刻すれば、うちと同じ値で流通いたします」

「偽のうぶけやの毛抜きが出回り始めておりますので」

「半年も前からあちらこちらで似た毛抜きが見つかっておりまして、うちでは、その都度買い取って処分してきました」

「これまでどれほどの毛抜きを処分なされましたな」

「四十五、六本でしょうか。私どもが知らない偽のうぶけやの毛抜きはその十倍二十倍の数がございましょう」

宗五郎も頷いた。

「親分、話を昨夜《ゆうべ》の古砥に戻します」

「古砥がうぶけやさんの毛抜きにつながりますので」

古砥のことをすっかりと忘れていた宗五郎はびっくりした。

「毛抜きの基になる地金ですがな、何十年も海の潮をかぶった古砥がいちばんよいのです。なぜよいのか、それは秘伝ゆえ申し上げられませぬ。また、古砥と申しましても古すぎてもいけませんし、年季が足りないのも使えません。ちょうどよい頃合を見定めるには何十年の修業が要ります。また最後の見極めもうちの一子相伝《いっしそうでん》です」

「うぶけやさん、京太郎にそのこつを教え込まれたか」

「はい。私はてっきり京太郎がおみねと所帯を持ち、うちの仕事を継ぐことを喜んでおると思うておりましたゆえにすべて教え込みました」

「うぶけやさんは佃島で古碇が盗まれる裏にも京太郎がいると申されるのですな」

銀之丞が小さく頷いた。

「一度はわが家族にしようとした男です。縄付きにはしたくはない、だが、うぶけやの主として毛抜きを代々伝えていく務めもございます」

今度は宗五郎が頷いた。

「この古碇の盗難と偽の毛抜き造りの背後に京太郎が関《かか》わっているかどうか、宗五郎さん、調べて下さいませんか」

と銀之丞が頭を下げた。

「仔細は分かりました」

「お受けいただけますか」

「古碇でも他人のものを盗めば泥棒だ。それに一子相伝の技を不法に使うのも許せねえ。うぶけやの毛抜きの偽物が出回るようでは職人魂にも商いの決め事にも反しましょう。京太郎が関わっているかどうか、早速調べます」

宗五郎は京太郎のことなどを詳《くわ》しく聞き出した後、うぶけやの銀之丞を人形町の店に戻した。

「親分、驚いたぜ。まさか古碇があんな小さな毛抜きの材料とはよ」

彦四郎と自分の会話から広がった御用の話に亮吉がまず仰天《ぎようてん》した。

頷いた宗五郎は、

「八百亀、手配りしろ」

と金座裏の番頭格、八百屋の亀次《かめじ》に命じた。

三

政次と亮吉は彦四郎の漕《こ》ぐ猪牙舟で佃島に渡り、まず白魚漁の網元母兵衛《もへえ》の家に顔を出した。

古碇が盗まれると彦四郎に話してくれた網元だ。

「おや、船頭の兄さん、なんぞ用事かえ」

出てきた母兵衛が彦四郎の大きな体を見て聞いた。

「古碇が盗まれる一件さ、あの話に関心を持った人間がいたんだ。この二人は金座裏の親分の手先でよ、おれの幼馴染みなんだ。親方、話を聞かせてくれ」

「話もなにもここ半年から三月《みつき》も前にかけて次々に使っている碇が盗まれて、舟が流される事件が続いた。それだけの話だぜ」

「何本盗まれたので」

亮吉が彦四郎に代わった。

「六本だ。いや、左平《さへい》ので七本か」

「町方に届けられましたかえ」

「漁師が碇を盗まれるのは恥だ、届けられるものか」

「この三月は盗まれてないので」

「夜中に見張りを立てたんでな」

「盗まれたのは夜中ですかえ」

「漁師の朝は早いや、その代わり夜も早い。夜半前に早船でやってきて盗んでいったようだ」

「盗まれた碇はどれも年季が入っていたんですね」

「どれもが十年は使い込んだ碇だ。どうせなら新しいのを持っていくがいいや」

母兵衛の案内で実際に碇を盗まれた漁師の家を回り、さらに話を聞いた。

それによれば、浜に揚げていた船の中から碇だけを盗まれたもの、船着場付近の海に止めていた船の碇の綱を切って盗んでいったものといろいろだった。

「おかしな話だ、どこもが新しい碇は盗まれてねえのよ」

古碇が毛抜きの地金に使われるなどとは知らない漁師たちは首を捻《ひね》っていた。

政次と亮吉は彦四郎の猪牙舟を越中島から鉄砲洲河岸と回して、さらに聞き込みをして回った。

その結果、鉄砲洲河岸でも越中島でも古碇が盗まれる事件が続発していることが分かった。

「かなりの数の碇が盗まれているのは確かだな」

鉄砲洲の浜で亮吉が言い、

「政次、まだ調べるかえ」

と聞いた。

碇を使うのは川船よりも海で漁に使われる舟だ。

「本芝河岸《もとしばがし》から品川の浜を聞き込みに回ろう」

「そっちのほうまで手を広げているかねえ」

と首を捻《ひね》った亮吉はそれでも、

「彦四郎、本芝河岸だ」

と友に命じていた。

本芝河岸の網干場で碇泥棒に遭遇したという漁師に出会った。

若い漁師の慶次郎《けいじろう》と寛次《かんじ》が品川の遊びから船で戻ってくると、網干場でずるずると地面に重いものを引きずるような物音がしたという。

「だれでえ、夜中に音を立ててやがるのは！」

寛次が叫ぶと物音が止《や》み、いきなり浜に向って走り出した者がいた。

「慶次郎、網泥棒だぜ！」

と二人で逃げ出した者たちを追うと二つの影が浜に止めていた二丁櫓に飛び乗り、大川河口を目指して必死で漕ぎ上がっていったという。

「あとでさ、網干場を調べたら網じゃねえや、古碇を一本ずつ引きずって盗もうとしていたのさ」

「碇泥棒は二人組だったんで」

亮吉の問いに、

「ああ、二人連れだった」

と慶次郎が答えたものだ。


その夕暮れ、政次と亮吉が金座裏に戻ると探索に回った常丸たちがすでに顔を揃《そろ》えていた。

八百亀が、

「ご苦労だったな」

と二人を労《ねぎら》うと、亮吉が答えて言った。

「親分、佃島ばかりか越中島、鉄砲洲河岸、本芝河岸、品川の浜と漁師船のあるところは手当たり次第にやられているぜ。おれたちが調べ上げただけでさ、三十本近くの被害だ。それも新しい碇や古すぎるものは一本もねえ」

「どうやらうぶけやの旦那の心配が当たっているようだな。京太郎に一枚かませ、うぶけやの毛抜きの偽物を大量に造ろうと計画している一味がいやがるぜ」

宗五郎が言うのを、八百亀が受けた。

「これだけの古碇を集めておく場所となるとそれなりの場所がいるな。本芝河岸で怪《あや》しまれた連中は大川を目指して逃げ去ったというが、毛抜きの製造場は、大川端《おおかわばた》かねえ」

「重い古碇を持ち込むには水辺の作業場だな」

「大川端から運河沿いに火を使う作業場を軒並《のきな》み当たるかえ」

「それと偽の毛抜きが売られた小間物屋の聞き込みだな」

宗五郎が言い、亮吉が、

「親分、偽の毛抜きは大量に出回っていたかえ」

と聞いた。

「常丸とだんご屋が三田の小間物屋など数箇所で、うぶけやの毛抜きと称して半値以下の卸値で注文をとって回る男女を探り出してきた。どうやら京太郎らには、女を含む数人の仲間がいるらしいぜ」

八百亀が二手に分かれるかと割り振りをしようとした。

「八百亀の兄さん、私は京太郎が生まれ育った川崎宿に行ってみたいのですがようございますか」

政次の申し出に八百亀が宗五郎を見た。

「京太郎の生まれ在所が気になるか」

「無駄かもしれませんが調べてみとうございます」

宗五郎の問いに政次が答え、亮吉が、

「うぶけやに立ち寄ってさ、十七歳の京太郎を仲介した川崎宿の町名主の名を聞いてきたんだ、親分」

と付け加えた。

「探索は遠回りも必要だ、いいだろう。八百亀、この二人を江戸の探索組から外せ」

宗五郎が政次、亮吉の川崎宿出張りを認めた。

八百亀が毛抜きを造る作業場探しの頭になり、もう一方の小間物屋の探索組を下駄貫が指揮することで翌日からの手配りが決まった。


東海道の品川大木戸は芝車町《しばくるまちょう》にあった。

七つ発《だ》ちした旅人たちが次々に品川宿を目指して向かうのを横目に、亮吉は足踏みしながら政次が現われるのを待っていた。

政次と亮吉は話し合って、政次の朝稽古《あさげいこ》が終わった足で江戸を発つことにし、大木戸で待ち合わせたのだ。

浜からの朝風にはもはや冬の寒さがあった。

陰暦十月も半ばを過ぎていた。

（しほちゃんたちも江戸に帰ってくる頃合だぜ）

と亮吉が考えていたとき、政次が息を切らして走ってきた。

「すまない、待ったか」

「四半刻《しはんとき》も寒さに震えていたんだぜ」

「今朝にかぎって次から次と相手をさせられてなかなか抜け出せなかったんだ」

二人は大木戸から品川宿に向った。

品川宿から川崎宿まではおよそ二里半だ。だが、この間に六郷《ろくごう》の渡しがあって時間がかかった。

「腹が空《す》いた、品川宿でなんぞ腹に入れていくか」

亮吉が政次に言った。

「朝飯抜きで川崎まで行こう」

「なんぞ気になるのか、政次」

「兄さん方に無理を言って出てきたんでね」

二人は黙々と早足で歩いていく。

政次の背丈は六尺に近く、亮吉は五尺そこそこだ。だが、独楽鼠はちょこちょこと足を動かして政次の歩みに合わせた。長年、江戸の町を歩き回り、早足には慣れているのだ。

一気に品川宿を抜け、鮫洲《さめず》から涙橋を渡り、鈴ヶ森《すずがもり》から雑色村《ぞうしきむら》に入れば、六郷川はすぐそこだ。

二人が渡し船に乗って、川崎宿に入ったのは四つ（午前十時）のことだ。

「亮吉、腹が空いたがここは辛抱《しんぼう》して町名主の成五郎《せいごろう》さんを訪ねようか」

うぶけやで聞いた川崎宿の町名主成五郎の屋敷は、田中本陣と佐藤本陣の間を東に入った、稲毛神社の前にあった。

玄関先で成五郎さんに会いたいと訪《おとな》いを告げると三十三、四歳の男が応対に出た。

「私が成五郎にございますが、おまえさん方はどなたかな」

「名主さん、江戸は金座裏の宗五郎親分の手先にございますよ。人形町の毛抜き屋うぶけやさんに紹介した京太郎のことでちょいと伺《うかが》いました」

亮吉が挨拶《あいさつ》した。

「それは死んだうちの親父が世話した一件ですよ」

と当代の成五郎が答え、

「京太郎さんがどうかしましたかな」

と聞き返した。

「うぶけやさんを今年の初めに突然辞《や》めたんですがねえ。川崎宿に戻ってないかと問い合わせに来たってわけなんで」

「京太郎さんがうぶけやさんを辞めなすった。それをおまえさん方が追っておられるということは御用に関わることかな」

「まだ京太郎が関わったという確たる証拠はねえんですがね、ともかく本人に会って確かめたいんで」

成五郎はしばし考えた後、

「親父が生きていたときほどはありませんが、うぶけやさんとは今も付き合いがある。また京太郎のことは親父が一肌脱いだ経緯《いきさつ》もございます。事情を話してくれませんか。それによっちゃあ、私ができることはお手伝い申し上げますでな」

と答えた。

それを聞いた亮吉が政次を振り見た。

「お話し申し上げよう」

政次の言葉を得て、亮吉が経緯を話した。

「京太郎め、親父の顔を汚すようなことをしでかしましたか」

話を聞き終えた成五郎が憤然とした。

「おまえさん方はなにをまず知りたいので」

「へえっ、最近、京太郎が川崎宿に顔を見せたかどうか。京太郎がこの川崎宿で仲間を集めなかったかどうか」

亮吉が言い、政次が、

「成五郎さん、京太郎には妹がいたということですが、その動静が分かれば知りとうございます」

と付け足した。

その昼下がり、政次と亮吉は東海道《とうかいどう》を下って神奈川《かながわ》宿から保土ヶ谷《ほどがや》宿を目指していた。

京太郎の両親は生前、川崎宿で旅籠を営んでいたという。人手にわたった旅籠の相模屋《さがみや》に京太郎が姿を見せたのが三月の初めとか。そのとき京太郎は、

「親父さん」

と呼ぶ商人風の四十年配の男を伴っていたという。京太郎は二日ばかり相模屋で過ごし、親父の代から勤める番頭に、

「相模屋はおれが買い戻す」

と言って鎌倉に向かったという。

「政次、おめえは京太郎の一味が刀鍛冶に奉公していた時代の仲間と言うのか」

「相州小田原《おだわら》と鎌倉は刀鍛冶が工房を構えて、相州鍛冶の名を轟《とどろ》かせたと聞いたことがある。だが、この時代、潰《つぶ》れた工房から外に出た職人が他の刀鍛冶の下にうまく弟子入りできたかどうか、京太郎は昔の仲間を集めて、江戸で一稼ぎしようとしているのではないかと思っただけだ」

「京太郎が刀鍛冶のところにいたのは十何年も前のことだぜ」

「ではなぜ京太郎は鎌倉に向かったな」

「親父と呼ばれる男は何者だえ」

「おそらく今度の事件の金主だな」

川崎宿から神奈川宿まで二里半、さらに保土ヶ谷に一里九町、戸塚《とつか》宿まで二里九町、藤《ふじ》沢《さわ》宿まで一里三十町とおよそ七里半（三十キロ余）、さすが健脚の二人でも鎌倉へと分岐す

る藤沢宿に到着したときには、五つ（午後八時）を過ぎ、旅籠も一、二軒が潜《く》り戸《ど》を開けていただけだった。

「亮吉、今晩は藤沢に泊まって明朝、早発ちしよう」

「助かったぜ。飯もまともに食わずに藤沢くんだりまで伸《の》してこようとは思わなかったからな」

「先日は大五郎さんに永代寺門前で三ノ膳付きのご馳走《ちそう》に預かったよ、こういうこともあるさ」

「政次、それにしても旅籠賃を持っているのか」

亮吉がそのことを心配すると政次が懐から巾着《きんちゃく》を出して、

「昨夜《ゆうべ》、親分が持っていけと探索費を渡しなさった」

「なんだ、親分はおれたちが鎌倉まで遠出することをお見通しか」

「とは思わないが探索には思わぬことがあるからな」

二人は一軒の旅籠の潜り戸を入り亮吉が、

「泊まらせてくんな」

と大声を上げた。

鎌倉の釈迦堂《しゃかどう》口切通し界隈には高く上がった陽光に朝靄《あさもや》が蹴散《けち》らかされるように消えて、槌音が響いていた。

京太郎がその昔、刀鍛冶の修業をしていた工房は、鎌倉大仏の鎮座する高徳院《こうとくいん》裏にあった。

その鍛冶場を政次と亮吉は訪ねたが、むろん十何年も前に消えた作業場だ。刀を鍛《う》つ音もしなければ、人もいなかった。

通りがかりの百姓に尋《たず》ねると、京太郎が修業していた刀鍛冶工房の兄弟子の一人東吉郎《とうきちろう》が、釈迦堂ロ切通し近くの、

「新藤五国継」

の刀鍛冶場で働いていることを教えてくれた。

槌音に抗して庭先から亮吉が叫び続けるとふいに音が止《や》んで、静寂《せいじゃく》が訪れた。

「ごめん下さいな」

「どなたかな」

工房の中から声がした。

二人が歩み寄ると真っ赤に燃えた火の周りに三人の白衣の男たちがいて、真っ赤に焼けた刃を鍛錬していた。

「仕事の手を休ませて申しわけございません。私どもは江戸から参った御用の筋の者にございます。こちらに東吉郎さんが働いておられると聞いてやって参りました。ちょっとの間、お話を聞かせて下さいませんか」

槌を手にしていた中年の男が、

「東吉郎は私だが今は大事に鍛錬の最中だ。後にしてくれませんか」

と断った。すると老師匠が、

「江戸からわざわざ来られたのだ、槌方は慎太郎《しんたろう》に代わらせる。お相手しなされ」

とロを添えてくれた。

「師匠」

「よい、行け」

と師匠に命じられた東吉郎が槌を置くと立ち上がって外に出てきた。

痩《や》せた顔には汗がびっしりと張り付いていた。

「江戸の御用聞きが用事とはなんですね」

「弟弟子だった京太郎のことにございます」

政次がその問いに答えた。

「京太郎のことだって」

東吉郎の顔に、はっとした表情が走った。

「春先に鎌倉に姿を見せたようですが、お会いになりましたか」

しばらく沈黙していた東吉郎が、

「やはりいい話ではなかったようだな」

と独白するように呟《つぶや》いた。

「江戸に出ないかと誘われましたか」

政次にそう聞かれて頷いた東吉郎が答えた。

「刀鍛冶に向かって、毛抜きを造らないか、さすれば月々に十両は下らない給金を出すと言いやがった。京太郎め、刀鍛冶がなんたるものかまったく分かっちゃあいねえ。おれは怒鳴りつけて追い返した」

「そのとき、京太郎は一人でしたか」

「いや、怪しげな商人を連れていたね」

「二人は素直に帰りましたか」

「若宮大路《わかみやおおじ》の旅籠にいるから気が変わったら訪ねてこいと言い残して帰りましたよ」

「行かれましたか」

「昔の仲間が京太郎に誘われて江戸に出るというのでねえ、危ない話だと伝えに行ったんで」

「仲間とはだれです」

「長治《ちょうじ》、五郎《ごろ》蔵《ぞう》、優次郎《ゆうじろう》の三人ですよ。どれもが半端者《はんぱもの》でどこの刀鍛冶でも長続きしない者ばかりなんで」

「東吉郎さんは三人に会いましたか」

「旅籠の玄関先で話そうとすると京太郎が下りてきて、兄さん、仲間に加わるのならばいいが仲間の仕事を邪魔しに来たのなら、すぐに戻ってくれと怖い顔で脅《おど》しやがったんで」

「帰られましたか」

「昔、小僧だった男に脅されて情けねえが、嫌《いや》な感じがしたんですぐに家に戻りましたよ」

「それは賢い道を選びなさった」

と褒めた政次がさらに聞いた。

「三人の仲間は京太郎と親父と呼ばれる男に従ったのですね。その後、三人と会ったことはありませんか」

東吉郎は首を横に振った。

「五郎蔵の家族は鎌倉に残っておりましたが野郎が江戸に出た一月《ひとつき》ほど後、向こうから呼び寄せられたんで。女房がうちに別れを言いに来て、江戸に出ることを知りましたよ」

「家族はどこへ呼び寄せられたか、ご存じございませんか」

東吉郎はしばし沈黙した後、言った。

「花川戸《はなかわど》浅草寺《せんそうじ》領木魚《もくぎょ》長屋、ですよ。変わった名前なんで覚えました」

「それ以来、五郎蔵の家族から連絡はございませんか」

東吉郎は顔を横に振った。

四

三日ぶりに政次と亮吉は金座裏に戻りついた。

夕暮れの刻限だ。

玄関先には常丸が立っていて、

「ご苦労だったな、鎌倉まで伸していたか」

と聞いてきた。

「兄い、図星だ。京太郎が刀鍛冶に弟子入りしていた先まで追ってきたぜ」

「その面《つら》はなんぞ嗅《か》ぎ出してきたようだな。まずは親分に挨拶しねえ」

二人は裾《すそ》の埃《ほこり》を払って居間に顔を出した。

居間の長火鉢の前には北町奉行所《きたまちぶぎょうしょ》定廻同心《じょうまわりどうしん》寺坂毅一郎《てらさかきいちろう》がいて、宗五郎と話をしていた。

「ご苦労だったな」

「親分が政次に路銀《ろぎん》を預けてくれたんでさ、鎌倉の大仏の面を拝んできたぜ」

「そればっかりじゃなさそうだ」

次の間に常丸たち、住み込みの手先たちが集まってきた。

「親分、江戸の探索はどんな風だ」

「小間物屋も毛抜き工房もなかなか当たりがなくて行き詰まっていたところだ。独楽鼠、おめえが頼りだ」

宗五郎に言われて、亮吉が胸を張った。

「毛抜き造りの一味には親父と呼ばれる男がいてさ、京太郎の刀鍛冶仲間が加わっているのさ」

と鎌倉での成果を披露した。

「相模屋を買い戻すかと親父さんなる者にそそのかされて、うぶけやの刻印を押した偽の毛抜き造りに手を染めやがったか」

「そんなところだろうぜ」

亮吉の話が終わり、常丸が、

「親分、これから花川戸の木魚長屋に面を出してこよう」

と立ち上がった。

政次も亮吉も一緒に腰を浮かしかけた。すると常丸が、

「二人は湯に入って旅の汗を流せ。江戸に残ったおれっちにもちっとは働かせてくれ」

と政次と亮吉を気遣《きづか》った。宗五郎も、

「ここは常丸たちに頼みねえな」

と口を添え、二人は金座裏に残ることにした。

浅草寺寺領の木魚長屋を訪ねたのは、常丸を頭分に広吉《こうきち》、波太郎《なみたろう》の三人だ。

大家に聞くと五郎蔵の一家は木魚長屋に住んでいた。が、肝心の五郎蔵は、十日に一度くらいしか長屋に戻らないとか。

常丸は帯にからげた袷《あわせ》の裾を下ろして、お店者《たなもの》の装いをすると長屋を訪ねた。すると五郎蔵の女房しげと子供三人が夕飯を終えたところだった。

「五郎蔵さんは留守でございますか」

「おまえ様はどちらさんで」

「京橋の小間物屋の手代でしてねえ、先日五郎蔵さんが毛抜きの見本を置いていかれましたのさ。主と相談の上に数が揃えば仕入れましょうということになりまして、値の相談にきたんですがね」

「そりゃ、亭主じゃないと分からないよ。刀鍛冶が毛抜きなど造れるものかと思ったが、やっぱり造っていたんだねえ」

と江戸暮らしに疲れた顔の女房が呟《つぶや》くように言った。

「五郎蔵さんが最後に戻ってきたのはいつだねえ」

「六日前かねえ」

「ならば四、五日うちにまた顔を出しますよ」

「お店《たな》はどちらで」

「京橋《きょうばし》の彦根屋《ひこねや》ですよ」

と口から出任《でまか》せを答えた常丸は長屋の木戸をいったん出た。だが、木魚長屋を出たすぐのところで波太郎を金座裏に走らせ、自分と広吉は残って五郎蔵の長屋を見張ることにした。

伊香保ではその冬、初めての雪がちらつき始めた。

そこで松六が皆を集め、

「そろそろ神輿《みこし》を上げて、明日にも江戸に発ちますかな」

と相談を持ちかけた。

「ご隠居、湯もいいが、そろそろ江戸が恋しくなったところですよ」

とおみつが賛成し、皆の顔にも喜色が走った。

「ご隠居様、駕籠を頼みに行ってきます」

しほが立ち上がると、

「金太夫さんに江戸に発つから勘定《かんじょう》をと声をかけて下さいな」

と松六が命じ、その声を聞いて急に旅立ちの準備が始まり、全員の心に帰心が募《つの》った。

しほは駕籠屋で四丁の駕籠を頼んだ帰り道、伊香保神社に回り、ちらちらと舞う雪の中、今日も竿乗りの稽古に励む三人に別れを言った。

「そうかえ、しほさんともお別れか」

宇平が残念そうに言った。

しほは用意してきた絵をそれぞれ三人に渡した。

「これをわっしらに頂《いただ》けるんで」

「上手じゃないけど必死に描いたわ」

「しほさんの絵はもう玄人《くろうと》はだしだ。どこに出しても恥ずかしくねえ」

「宇平さん、唐吉さん、さよちゃん、江戸に出てくることがあったら、鎌倉河岸に豊島屋を訪ねてね。私、そのお店で働いているから」

分かった、と答えた宇平が大事そうに自分たちの絵を眺める若い二人に、

「それ、しほさんへの別れの挨拶だ。最後にこの絵のようにびしりと決まった芸を見せねえか」

と命じた。

すると唐吉が竿を立て、するすると赤縮緬《あかちりめん》の手絡《てがら》を閃《ひらめ》かせたさよが唐吉の体に這《は》い上がった。

「東西東西《とざいとうざい》、まず最初は五月の鯉《こい》の滝登りにござい！」

さよの口からこの口上が洩《も》れ、勢いよくもするすると竿を伝って長い竹竿の上に上って、急流を泳ぎ上がって鯉の跳《は》ねた瞬間の姿勢をとった。

「お見事よ、さよちゃん、唐吉さん！」

雪の舞う中、しほの拍手が響いた。


花川戸浅草寺寺領の木魚長屋での張り込みは三日目を迎えていた。だが、五郎蔵が家族のもとに戻ってくる様子はなかった。

「そろそろ現われてもいいころだがな」

下駄貫がだんご屋の三喜松にぼやくように言い、その視線が政次と常丸が潜《ひそ》む暗がりに行った。

「だんご屋、おめえ、どうするな」

「どうするって、なんだい、兄い」

「政次の十代目の披露が近づいたそうじゃねえか、そのことよ」

三喜松が下駄貫を振り見た。

「どうしようもこうしようも親分が決めなさることだ。仕方あるめえ」

「仕方ねえだと、政次は下から数えたほうが早い新参者だぜ」

「兄い、おれは親分の命には黙って従う。それにさ、政次はおれたちの中でも群《ぐん》を抜いていらあな」

「群を抜くってなにがだ」

下駄貫の言葉遣いが段々尖《とが》ってきた。

「なにって探索だけじゃねえ、政次には物事を考える力もあれば知恵もある。それに大将になる器が自然と備わっていらあ。立派に金流しを継ぐ男と見たぜ」

「ちぇっ、どいつもこいつもだらしがねえや」

「兄い、おめえさんは政次が親分の後継になることに不満か」

「新参者の下で働けるか」

下駄貫が吐き捨てるように言ったとき、長屋の木戸口にいつの間にか影が立っていた。

三喜松は下駄貫の手を押さえてそのことを教えたが、影が、
じいっ
と動かないのに不安を覚えた。

だが、影はゆっくりと木戸を潜り、どぶ板を踏まないようにして長屋の一軒の障子戸の

前でまた止まった。そして、静かに戸を開いて中に没した。

鎌倉で刀鍛冶職人をしていた五郎蔵だ。

しばらくすると長屋の中で明かりが点《とも》った。慌《あわ》てて火を掻《か》き立てているような気配と酒の仕度をするような物音が闇《やみ》を伝わってきた。

ふいに、

「なんだと、京橋の小間物屋の手代がおれを訪ねてきただと！」

という五郎蔵の叫び声がすると土間に飛び降りた気配の後、戸口が静かに開けられた。

「おまえさん、なんの真似《まね》だい」

「うるせえ！」

そうっ
押し殺したような五郎蔵の声が女房を制して、
と五郎蔵が姿を現わした。そして、どぶ板を鳴らして木戸口に走った五郎蔵は、吾妻橋《あづまばし》の方角に向かって消えた。

その後を金座裏の面々がぴたりと尾行をしていた。

五郎蔵は吾妻橋を何度も後ろを振り向き振り向き渡った。だが、橋下の流れを彦四郎が櫓の音を忍ばせて漕ぐ猪牙舟が行くのを見落としていた。

橋を渡りきった五郎蔵は大川左岸を下流へと曲がった。

江戸の地理に不案内のせいで大きな通りを辿《たど》っているような歩き方だ。橋を渡ってようやく五郎蔵の全身から緊張が消えた。

彦四郎の猪牙舟から政次と亮吉が陸に上がり、舟には下駄貫、三喜松、常丸の三人が残って水上から五郎蔵を追った。

大川に繋がる堀ロに架かる石原橋、御蔵橋と次々と渡った五郎蔵は、さらに両国橋の東詰めに下った。

そこで猪牙舟の三人も陸に上がった。通りが川端から町中へと移るために水上からの尾行は難しいからだ。

「彦四郎、竪川《たてかわ》の合流部にまで野郎が下るようなら、一ッ目之橋におれが立っていよう」

常丸の指示に、

「おれのほうが先回りできようぜ」

と彦四郎が空《から》になった猪牙舟をぐいっと進めた。

五郎蔵は律儀《りちぎ》にも竪川に沿って本所の東へと曲がり進んでいく。

彦四郎は舟の上から五郎蔵が、さらには金座裏の面々が元刀鍛冶職人を追っていく姿を目に留め、常丸に合図を送ると自らも竪川に猪牙舟を入れた。

五郎蔵が辿りついたのは、竪川から横川《よこかわ》へと曲がった深川菊川町《きくかわちょう》の廻船問屋遠州屋《えんしゅうや》だ。

横川に船着場を持つ遠州屋は間口十六間と広い店だ。が、店全体から商いの覇気が感じられなかった。

これを知った彦四郎が金座裏に猪牙舟を走らせ、急な展開を親分に告げに行くことになった。

宗五郎と稲荷の正太、それに寺坂毅一郎と小者《こもの》を乗せた彦四郎の猪牙舟が戻ってきたのは夜半を回った刻限で、横川一帯は深い眠りに就《つ》いていた。

「ご苦労にございます」

下駄貫が寺坂の直々《じきじき》の出張りに感謝した。

宗五郎が聞いた。

「下駄貫、動きはねえか」

「素人どもだねえ、五郎蔵が急に戻った理由を知っても動きもしねえや」

「いや、五郎蔵が話してねえかもしれねえぜ」

亮吉が口を挟むと下駄貫が、

「おれが親分に喋《しゃべ》っているんだ、口を挟むな」

と叱《しか》った。

「これは失礼しました、兄い」

亮吉は大人《おとな》しく引き下がった。

宗五郎は小さな諍《いさか》いに見て見ぬ振りをして、言った。

「寺坂様が遠州屋の左前《ひだりまえ》をご存じだった。一年前、上方《かみがた》からの船が大風に煽《あお》られて姿を消したそうだ。元々商いがうまくいかねえところに船の遭難に追い討ちをかけられ、店は潰れた。京太郎から親父さんと呼ばれていた男は、遠州屋の主の笙右衛門《しょうえもん》じゃねえかと旦那はおっしゃっておられる」

「親分、笠右衛門の家族は外に出て、奉公人も散り、店には品川宿から落籍《ひか》してきた女郎を入れて暮らしていたそうだぜ。それがここんところ数人の男たちが住み込み、昼間、地金を叩くような音が響くそうだ」

下駄貫が番屋で調べてきた話を報告した。

「なぜうぶけやの毛抜きを造ることを思いついたかしらねえが、商いが左前になって悪足《わるあ》掻《が》きをしたようだな」

「金座裏、夜明けを待って踏み込むか」

寺坂毅一郎が待機を指示し、一行は寒さに震えながら夜明けを待った。

「金座裏、そろそろ、野郎どもの目を覚まさせるか」

寺坂毅一郎が宗五郎に踏み込みを相談しかけ、宗五郎が頷いた。

波太郎が番屋から持ってきた掛け矢を振り翳《かざ》して、表戸の通用口を一気に押し破った。

「そうれっ！」

宗五郎の命令一下、下駄貫を先頭に遠州屋に飛び込んでいった。元廻船問屋だけあってがらんとした店は広かった。

下駄貫ら数人が二階へと大階段を走り上がり、宗五郎らは奥座敷へと進んだ。掛け矢を捨てて、提灯《ちょうちん》に握り替えた波太郎の明かりの下、まず座敷に一人寝ていた男が飛び起きて、慌《あわ》てて長脇差《ながわきざし》を布団の下から掴《つか》み出した。

「京太郎か、北町奉行所の手入れだ、神妙にしねえ！」

宗五郎の叱咤《しった》が飛んだ。

「親父、おしま、手が入った」

泣き声で叫んだ京太郎が座敷の奥へと逃げ込んだ。

二階でも悲鳴と叫び声が交錯し、
どすんどすん
という物音が響いて、捕り物が行なわれていた。

奥座敷では男と女が布団の上に起き上がり、緋縮緬《ひぢりめん》の若い女が、

「兄さん、逃げるよ」

と言うと抜き身の短刀を翳し、笙右衛門らしき男が短筒を宗五郎に向けた。

笙右衛門だとすると、廻船問屋をやっていた当時に密《ひそ》かに仕入れたものか。

「畜生《ちくしょう》、五郎蔵の馬鹿め、手先に尾《つ》けられていたのを気がつかなかったか」

と吐き捨てた男が、

「南蛮《なんばん》渡来の連発短筒だ。おめえさん方、命のいらねえ人間から筒先においでな」

と言いながら、ゆっくりと立ち上がった。

女も立ち上がった。

壮艶《そうえん》な美貌《びぼう》の持ち主で京太郎を兄さんと呼んだことからおそらく、妹のおしまだろう。

「遠州屋笙右衛門、悪足掻きはしねえこったぜ」

寺坂毅一郎が姿を見せて、男を筌右衛門と断じた。宗五郎も、

「古碇の盗みに偽の毛抜きの製造だけならば、お上にも慈悲があるぜ。遠島で命は永らえよう。素人が短筒やだんびらなんぞは振り回さないことだ」

と諭《さと》した。

「うるせえ！」

筌右衛門が叫んだとき、

「親分、五郎蔵ら一味の三人は全員引《ひ》っ括《くく》ったぜ！」

という下駄貫の声が響いた。

ついうっかりと筌右衛門は注意をそちらに向けた。

その瞬間、政次の十手が筌右衛門に投げられ、手首に当たって短筒が落ちた。

亮吉が京太郎の腰に飛びつき、常丸たちも動いた。

抵抗さえできない男たちにあって、おしまだけが短刀を振り回して、

「野郎、来やがれ！」

と暴れ回ったが金座裏の面々に敵《かな》うわけもない。

緋縮緬から太股《ふともも》をあらわにしたおしまがねじ伏せられ、縄を掛けられて、一場の捕り物は終わった。

翌日の昼下がり、江戸の町に読売《よみうり》が売られた。

清蔵は一枚の読売を庄太に買いに行かせた。

〈うぶけやの偽毛抜き造りの一味、北町奉行所の手で捕縛！

深川菊川町の廻船問屋遠州屋笙右衛門は家業が左前になったことを一気に回復せんと、江戸で評判のうぶけやの毛抜き造りを画策したり。廻船問屋が毛抜き造りとはこれいかに、と疑いの読者諸氏もおられようが笙右衛門の妾《めかけ》のおしまは、もと品川宿の食売女《めしうりおんな》にて、その出は川崎宿旅籠相模屋の娘なり。

その昔、この相模屋も店仕舞いの憂《う》き目に遭い、兄の京太郎はうぶけやの職人に妹は品川宿の女郎宿に身を落としたり。

このおしまを遠州屋笙右衛門が落籍して妾にしたことから、兄と再会なり、うぶけやの毛抜きを造りて、江戸をはじめ、諸国へ大量に売りさばくことを考えたりという。

だが、天網恢恢疎《てんもうかいかいそ》にして漏《も》らさずの喩《たとえ》、金座裏の宗五郎親分にうぶけやの主の銀之丞さんが相談したことから、宗五郎と手先一統の探索が始まったり。

うぶけやの毛抜きは、あたり柔らかく痛みもなく抜ける評判の裏には地金に古碇を使うという秘密が隠されておるそうな。

潮水を適度に吸った古碇が佃島をはじめ、江戸湾の浜で盗まれることを突き止めた宗五郎親分は手先に命じて、京太郎の前身を調べさせたり。

その結果、京太郎が相州鎌倉にて刀鍛冶に奉公していたことを知り、その仲間を偽の毛抜き一味に引き入れたりと推量されたり。

金座裏の宗五郎親分の推測に間違いあろうはずもなく、偽毛抜き造りの首領は遠州屋笙右衛門、副首領は京太郎、そして五郎蔵ら三人が仲間と判明し、妾のおしまを含めて悉《ことごと》くお縄になったりという。

遠州屋一味の造りし偽の毛抜きはすでに千数百本を超えて、小売値なれば六百何十両にもなるべしという。これら偽の毛抜きは悉《ことごと》く火を入れられて元の地金に戻されたりという〉

清蔵は二度ほど目を通したが、

「これじゃあ、まどろっこしいね、亮吉はそのへんにうろついていませんか」

と庄太に言い、

「旦那、亮吉さんは夕方になれば姿を見せますよ、それまで辛抱《しんぼう》して下さい」

と小僧に諭された。

第四話　下駄貫の死

一

鎌倉河岸《かまくらがし》の豊島屋《としまや》に四丁の駕籠《かご》が乗り付けられた。

木枯らしが吹く夕暮れのことだ。

小僧の庄太《しょうた》が、

「内儀《おかみ》さんが戻られた」

と目ざとく見つけると、清蔵《せいぞう》と話しながら酒を飲み始めようとしていた亮吉《りょうきち》、彦四郎《ひこしろう》らが飛び出していった。

「お帰りなさい」

清蔵が言うのへ、

「ただ今戻りました」

としほが挨拶《あいさつ》した。

駕籠から降りた一行を、

「松六《しょうろく》様、まずはうちで一息ついて下され」

と清蔵が豊島屋に誘い入れようとした。

「清蔵さん、うちのが豊島屋名物の田楽《でんがく》をどうしても食べたいというのです。寄らせてもらいましょう」

松坂屋《まつざかや》の手代《てだい》の重松《しげまつ》と小僧の新吉《しんきち》だけが一足先に店に戻り、松六夫婦の帰京を報告することになり、松六夫婦とおみつは豊島屋に入った。

「内儀さん、お帰りなさい」

と奉公人たちがとせを迎え、とせはとせで、

「おまえ様方も元気でしたか」

と豊島屋の内儀の貫禄《かんろく》を見せつけた。

大所帯の切り盛りは大旦那《おおだんな》の清蔵よりも倅《せがれ》の周左衛門《しゅうざえもん》ととせがしていたのだ。奉公人への睨《にら》みも清蔵よりもとせのほうが利《き》いた。

「ささっ、こちらにな」

店の一角に席が造られ、湯治《とうじ》帰りの四人が座った。

しほはすぐに台所に入った。

「おれ、親分に知らせてくらあ」

独楽鼠《こまねずみ》の亮吉がおみつの土産《みやげ》を担ぐと金座裏に走っていった。

「さすがに伊香保《いかほ》の湯だねえ、松六様も内儀様の顔もまるで赤子のようだ、つるつるとしているよ」

清蔵が五人の顔の色艶《いろつや》のいいことを褒《ほ》めた。

「おまえさん、温泉はいいねえ、なんだか何年も長生きしそうだよ」

とせが晴れやかに笑った。おみつも、

「わたしゃ、亮吉たちの面《つら》を見ないだけでもせいせいしたよ」

と笑った。

「おえい様、これが名物の田楽にございます」

しほと庄太が大皿に大振りの田楽を持って運んできた。

「おおっ、これは香ばしい匂《にお》いですね」

おえいが柔和《にゅうわ》に笑い、しほに取り皿と箸《はし》を貰《もら》って田楽に手をつけた。

松六には彦四郎が酒を注《つ》ぎ、

「ご隠居、今度はおれたちも湯に誘ってくれませんか」

と口説《くど》いたが、

「おまえさん方はまだ若い。二十年ばかり働いた後のご褒美《ほうび》だな」

と一蹴《いっしゅう》された。

「道中ご無事、まずはおめでとうございます」

宗五郎《そうごろう》の声がした。迎えに出た亮吉の他に常丸《つねまる》や政次《せいじ》たちも顔を見せて、さらに座が賑《にぎ》やかになった。

「しほちゃんは絵を描いてきたかえ」

亮吉がしほに聞いた。しほが小さく頷《うなず》くと、

「また伊香保の旅の徒然《つれづれ》が見られそうだな」

と亮吉が応じた。

しほが両親の故郷の川越《かわごえ》に船旅した折、描き溜《た》めた絵を豊島屋に飾り、

「こりゃ、旅の様子がよく分かってよいよ」

と評判を呼んだことがあったのだ。

「松坂屋のご隠居様をはじめ、お勧《すす》めがございます。拙《つたな》い絵ですが旦那《だんな》様のお許しさえあれば数日内にも飾らせてもらいます」

「しほ、うちは構いませんよ。しほの絵で客が増えれば、言うことなしです」

と清蔵も了承した。

おえいは初めてという豊島屋の田楽を実に美味《おい》しそうに食べて、満足の笑みだ。

「噂《うわさ》には聞いておりましたがこれほどおいしいものとは」

「大店のご隠居様の口に合おうとは嬉《うれ》しい限りですよ」

「いえ、おいしゅうございます。時に食べに参ります」

と松坂屋の刀自《とじ》が笑った。

豊島屋の宴は松坂屋から奉公人たちが駕籠を連ねて迎えに来るまで続き、

「また行きましょうな」

「必ずお誘い下さい」

と言い合って散会した。

朔風《さくふう》が鎌倉河岸に吹きつけ、船着場の桜の葉を散らして寂《さび》しい季節を迎えた。

しほにもいつもの暮らしが戻ってきた。

鎌倉河岸の朝市が終わる刻限の昼前に豊島屋に出て、店前の掃《は》き掃除《そうじ》から始める。

が、その前にしほには習わしがあった。

桜の老樹の幹に片手をかけて、胸の中で語りかけるのだ。

（湯治から戻って参りました。贅沢《ぜいたく》をした分、働きますからお許し下さい）

鎌倉河岸には大川《おおかわ》の向こうの小梅村《こうめむら》などから百姓舟が野菜を運んできて、朝市が立つ。

それが昼前には終わって後片付けに入るのだ。

と、そのとき、

「あれっ、なにをするだ！」

河岸の一角から老婆の悲鳴が上がり、しほはそちらを見た。

野菜売りの老婆の腰に巻いた金袋を、なりだけは大きいがまだ大人にはなりきれない少年たち数人が囲んで奪い去ろうとしていた。

老婆は船着場に降りようとしていたらしく、その近くには人がいなかった。

しほの目に庄太が箒《ほうき》を構えて走り寄るのが目に止まった。

「おまえたち、ばば様になにをしやがる！」

しほは庄太の声を聞きながら自分も走った。

野菜売りの老婆が引き倒され、悪《あく》たれの一人が売り上げの入った金袋を懐《ふところ》に仕舞い、残りの者たちが走り寄る庄太を待ち構えていた。

悪事に手馴れた連中である。

「ばば様に金を返せ！」

ようやく走り寄った庄太が叫ぶと、

「餓鬼《がき》はすっこんでいろ」

と悪たれの一人が睨みを利かし、懐に片手を突っ込んだ。

懐には匕首《あいくち》でも呑《の》んでいる風情《ふぜい》だ。小太りの少年で口に薄い不精髭《ぶしょうひげ》がまばらに生えていた。

老婆は金袋を奪いとった悪たれの足に縋《すが》っていた。ひょろりとした長身の悪たれが一味の兄貴分か、細い両眼の目尻《めじり》が上がり、表情に乏《とぼ》しい顔立ちだ。この悪たれが酷薄にも無言で老婆を石畳の上に蹴《け》り倒した。

「この野郎！」

庄太が箒を振り上げて飛びかかると懐手の仲間が庄太の足に自分の足をかけて転がした。

それでも庄太は飛び起きて箒で殴《なぐ》りかかろうとした。

そのとき、足をかけた悪たれが懐から匕首を抜いた。

しほの声が飛んだのはそのときだ。

「なにをなさるのです。白昼、そのような乱暴は許せません！」

凛然《りんぜん》とした声に振り向いた悪たれどもがどうしたものかと顔を見合わせたが、

「行くぞ！」

という兄貴分の命《めい》で船着場に飛び降りると、用意していた猪牙舟《ちょき》に飛び乗り、龍閑橋《りゅうかんばし》の方角に猛然と漕《こ》ぎ消えていった。

「庄太さん、大丈夫」

と小僧に声をかけながら、倒れ込んで呻《うめ》く老婆に走り寄ったしほは、素早く怪我《けが》の有無を調べた。

「どこを打ったの、おばあさん」

「こ、腰が痛てえ」

老婆の額には脂汗《あぶらあせ》が浮かんできた。そこへ清蔵らが駆けつけてきた。

「悪たれどもが年寄りに乱暴するとはどういうことだ」

と清蔵が言いながら、

「ほれ、みんな、手を貸してうちに運んでおくれ」

ようやく騒ぎに気付いて集まってきた男たちに命じた。

その中には兄弟駕籠の繁三《しげぞう》と梅吉《うめきち》もいて、だれが運んできたか戸板に野菜売りの老婆を乗せて、豊島屋に運んでいった。

しほは庄太へと視線をやった。

「怪我はしなかった」

「膝《ひざ》を擦《す》りむいたくらいだ」

膝頭から血が滲《にじ》んでいた。

「どうした、しほちゃん、庄太」

そんなところへ亮吉が駆けつけてきた。

「大変だったのよ」

しほの説明に亮吉は、

「まずばあ様の怪我の具合だな」

と庄太のほうはしほに任せて、豊島屋に飛んでいった。

が、すぐに亮吉は豊島屋を飛び出した。

清蔵に命じられ、鎌倉河岸裏に住む白藤朝伯《しらふじちょうはく》老先生を呼びに行ったのだ。

野菜売りの老婆の腰の打ち身の治療が豊島屋の座敷で続き、しほが白藤先生の手伝いをした。

どこで騒ぎを聞きつけたか、常丸と政次も顔を見せた。

「おまえたち、あの悪たれを野放しにしておくつもりですか」

いきなり清蔵に叱《しか》りつけられた手先たちは顔を見合わた。

「悪たれどもが悪さして回っているなんて聞いたか」

と常丸が二人の弟分に聞いた。

政次も亮吉も初めてのことで首を横に振った。

「近頃の餓鬼はなりが大きいし、力も強い。それに一人なんぞ一人前の悪党の真似《まね》をして匕首《ひらめ》を閃かしたというではありませんか。早く捕まえないと大きな騒ぎを引き起こしますぞ」

清蔵は三人に指図した。

そこへ治療を終えた白藤老先生が姿を見せた。

「骨は折れてはおらぬ、打ち身で済んだが年も年だ。二、三日は動かずにこの家《や》で寝かせておくことだな」

「それは一向に構いませぬがな」

清蔵が答えたとき、しほが顔を見せ、

「おばあさんたら他人《ひと》様《さま》の家に厄介《やっかい》になるのは嫌《いや》だ、どうしても家に帰ると起き上がろうとしています」

と報告した。

「ばあさんがそんな風なら戻ってもいいが、家はどこだね」

白藤が聞いた。

「亀戸《かめいど》村の善竜寺《ぜんりゅうじ》の隣、よろずばば様だそうです」

「あのばあ様、よろずというのかえ。それにしても一人で百姓舟を操って大川を渡って商いにくるのですか」

清蔵が驚き、

「その元気なれば亀戸村に戻すか」

と白藤先生の託宣《たくせん》が下りた。

「彦四郎に頼んで猪牙舟に床《とこ》をとってもらおう。常丸兄い、おれが付き添っていこう」

「旦那様、私も同行してようございますか」

「そうしてくれるか」

しほの頼みに清蔵が許しを与えた。

龍閑橋の船宿綱定に庄太を使いにやろうとしたところへ大きな体の彦四郎が、
にゅっ
と現われ、

「騒ぎがあったって」

と聞いた。

「怪我人を亀戸村まで送っていくことになった。彦四郎、猪牙舟にばあ様が寝られるようにしてくれ」

あいよ、と気のいい船頭はまた外へ飛び出していった。その手伝いに従うためか、亮吉も後を追った。

しほは舟の仕度を待つ間、画帳と筆を持ち出して、兄貴分の無表情な相貌と体つき、庄太を転がした小太りの悪たれの二人の人相を早描きした。

常丸と政次がそれを黙って見ている。

兄貴分の貌《かお》が描けたとき、常丸が、

「一人前の悪党面をしているぜ。清蔵旦那の注意を待つまでもなく、早々に手配しよう」

と政次に言った。

その政次がしほに念を押す。

「しほちゃん、こやつらの年は十六、七歳と見ていいかい」

「そうね、この兄貴分が一つ二つ他の連中よりも上かもしれないけど、まず下は十五、六から上は十八、九歳の連中ね」

しほが二組ずつの人相と着衣などを描き終わったとき、宗五郎が八百亀を連れて豊島屋に入ってきた。

その後から金座裏の独楽鼠《こまねずみ》が顔を出した。彦四郎の手伝いかと思ったら、金座裏に知らせに行っていたようだ。

「餓鬼が無法を働いたようだねえ」

「親分、こやつらだ」

常丸が、しほが描いたばかりの絵を見せた。

「いっぱしの面構えだな」

「野菜売りのばあさんの一日の売り上げは知れたものだ、せいぜい五、六百文だろう。金高よりも、弱い相手から強奪していこうというのが憎いねえ」

清蔵の怒りはまだ鎮《しず》まってなかった。

「匕首まで懐に呑んでいたとなると早いうちになんとかせねばなるまい」

宗五郎が思案の顔付きをした。

「舟の仕度ができたぜ」

と彦四郎の声が表口からした。

「よし、ばあ様を戸板に乗せて舟に運べ」

八百亀の指図で豊島屋の奥座敷から野菜売りのよろずばあ様が金座裏の手先と豊島屋の奉公人の手で運び出されてきた。

そろそろと鎌倉河岸を運ばれて、猪牙舟に小さな体が寝かされ、寒くないようにと豊島屋から持ち出された夜具が掛けられた。

「おれの舟はどうなったな」

よろずばあ様は、痛みを堪《こら》えて自分の舟の心配をした。

「ばあ様、猪牙舟で引いていかあ、心配するねえ」

亮吉が言うと、

「売り上げは盗《と》られる、医者代はかかる。その上で何日も寝込むなんてえれえ損害だ」

とぼやいて、亮吉に、

「その分なら二、三日で起きられよう」

と慰《なぐさ》められた。

百姓舟が猪牙舟の横手に縄で結ばれ、その縄を亮吉が握り、船着場の杭《くい》を押した。

「気をつけていけ」

「合点《がってん》だ」

彦四郎が悠然と竿《さお》を使って船着場から離し、櫓《ろ》に代えた。

寝かせられたよろずばあ様の顔の横にしほが座り、亮吉が反対の百姓舟が括《くく》られた側に鎮座して猪牙舟がぐいっと進み始めた。

「それにしてもその小舟で大川を渡ってくるのか」

船頭の彦四郎は、猪牙舟の船べりに括りつけられた百姓舟の小ささにあらためて驚いている。

「荷を載せるとよ、船べりまで水がこようぜ。おれはとてもその舟で大川は渡れねえ」

「船頭の兄さん、年季だよ。おれが物心ついたときから舟に乗ってるだ。ひっくり返ったのも一度や二度じゃねえ」

よろずばあさんは痛みを堪えるためか喋《しゃべ》った。

「水に投げ出されたらどうするの、おばあさん」

しほが聞く。

「姉さん、舟の尻《しり》っぺたにしがみついているだよ。そのうちだれかが助けてくれる寸法だ」

日本橋川から大川に出た彦四郎の猪牙舟は北から吹き付ける風に苦労しつつも大過なく大川を上流へと上りながら渡り切った。

竪川《たてかわ》に猪牙舟を入れて、彦四郎がほっと安堵《あんど》の息をついた。

堀に入れば両岸と町家に遮《さえぎ》られて風も和《やわ》らぐからだ。

しほは懐にしていた画帳を出して、よろずばあ様の絵を描いた。

猪牙舟に横たわる姿ではなく、鎌倉河岸で自作の野菜を売る姿だ。

「どう、こんな風」

絵を見たよろずばあ様が、

「姉さんは絵師かねえ、上手なもんだ」

と褒《ほ》めてくれた。

「素人《しろうと》の手慰《てなぐさ》みよ」

と謙遜《けんそん》するしほの横から亮吉が口を出した。

「ばあ様、しほちゃんの絵は北町奉行《きたまちぶぎょう》の小田切直年《おだぎりなおとし》様がご褒美をくれたほどの腕前だ」

「兄さん、絵が上手《うめ》えとお奉行様が褒美をくれるのか」

「違う違う。しほちゃんは金座裏の宗五郎親分を手伝ってよ、悪党の人相を描いているんだ。身許《みもと》の分からねえ死体の顔なんぞを描いてよ、探索の手伝いをするのさ。それで何度も手柄を立てて、褒美をもらったのさ」

「ならば姉さん、おれの銭盗《と》っていった悪たれ餓鬼の人相描いてくれろ」

「もう描きましたよ。亮吉さんたちがきっと捕まえてくれるわ」

「亮吉たあ、この兄さんかねえ。頼りになるだかねえ」

と怪我人に顔を傾《かし》げられた亮吉が、

「ちぇっ、わざわざ付き添いまでしてけなされてりゃあ、世話はねえや」

とぼやいた。

二

金座裏でもおみつが湯治から戻り、女たちの城、台所にもいつもの賑やかさが戻っていた。

居間には宗五郎と寺坂毅一郎《てらさかきいちろう》がいるだけで、手先たちはよろずばあさんの売り上げを強奪した悪たれ一味の探索に出かけていた。そこへ八百亀《やおかめ》が一人でふらりと戻ってきた。

「寺坂様がおられましたか」

「なんだ、八百亀、おれがいちゃあ、悪いような顔だな」

「いえね、そんなことはありませんがねえ、うちの恥を晒《さら》すようなこってしてねえ」

宗五郎が八百亀の言葉に注意を番頭格の手先に向けた。

「旦那にも聞いてもらったほうがいいかもしれねえな」

と自らを納得させるように言った八百亀は、二人が座る長火鉢の傍ににじり寄った。

「下駄貫《げたかん》のこってすよ、政次が親分の跡継ぎになるなら、そんな下で働けるかと不満を洩《も》らしていやがるんで」

宗五郎と毅一郎が顔を見合わせた。

宗五郎は政次の十代目披露について過日、寺坂とその上司の牧野勝五郎《まきのかつごろう》に相談し、牧野が奉行の小田切直年にも話を上げて、内諾《ないだく》を得ていたのだ。

一介の御用聞きの跡目が奉行所内で話題になることなどまずない。だが、金座裏は幕府開闢《かいびゃく》以来の御用聞き、それも三代将軍家光《いえみつ》お許しの、

「金流しの十手」

の家系だ。

「旦那、親分。下駄貫が一人で不満を抱いている分にゃあ、文句もねえ。だが、だんご屋の三喜松《みきまつ》やら稲荷《いなり》の正太《しょうた》なんぞを摑《つか》まえて、政次が親分になったら、金座裏も終わりだなんて不平を洩らした上に、なんとかしなきゃあなんぞと余計なことを焚《た》きつけていやがるらしいんで。焚きつけられた手先たちがおれのところに知らせに来るものでねえ、親分の耳に入れておこうとさ、こうして面《つら》を出したってわけだ」

「八百亀、おめえには気苦労をかけるな」

宗五郎が詫《わ》びながら、

「おめえはどう考える」

と反問した。

「おれは物事を複雑に考えねえ性質《たち》だ。先代の親分から世話になって、おめえさんで二代目だ。親分の命はなんでも聞く、これが手先の務めと思っているからね」

「前にも話し合ったが、改めて聞こうか。政次が十代目になるについちゃあ、どうだ」

「松坂屋のご隠居が酒樽を政次に持たせて金座裏に来られたときから、おれは政次が跡継

ぎで入ったと思っていたさ。その後、政次の言動をおれなりに見てきたが、親分と松坂屋のご隠居の判断に狂いはねえと思っているぜ」

寺坂毅一郎が大きく頷き、膝を軽く手で叩いた。

「八百亀、おめえは政次の下でも手先を務めてくれるのだな」

「寺坂の旦那、言うには及ばねえさ」

と八百亀が即答した。

「八百亀の言葉を聞いて、心強いぜ」

宗五郎が答え、八百亀が、

「下駄貫にゃあ、おれから話しておこうか」

と言い出した。

そうだな、と思案した宗五郎が言った。

「近いうちに腹を割って下駄貫とおれがさしで話してみようか」

「親分、それに越したことはねえ。もう一度念を押すがその他の手先にはなんの異論もねえぜ」

毅一郎と宗五郎が同時に頷いた。

彦四郎、亮吉、しほの三人が猪牙舟一杯に大根、人参《にんじん》、葱《ねぎ》などを積んで鎌倉河岸に戻ったのは、夕暮れ前のことだ。

豊島屋、金座裏、綱定《つなさだ》、それにしほの長屋と四箇所で分けてもまだ余る。清蔵に言われて、庄太は近くの裏長屋に住む実家に届けたほどだ。

亮吉が背に野菜を背負ったり手に提げたりして金座裏の裏口から台所に入っていくとおみつが、

「亮吉、野菜売りに鞍替《くらが》えかえ」

と呆《あき》れた顔をした。

「お上さん、ばあ様の倅《せがれ》がさ、礼代わりに持っていけと猪牙舟満杯に野菜を積んでくれたんだ。あちらこちらに分けてもこの有様だ」

「冬は野菜のない時節だ、助かるよ」

飯炊《めした》きばあさんが亮吉の背の大根を下ろしてくれた。

「お上さん、ばあさんに悪さした連中の探索は進んだかえ」

「常丸たちもさっき戻ってきたが、どんな塩梅《あんばい》かねえ」

亮吉は裾《すそ》を払って台所から居間に通った。

常丸ら主だった手先は戻っていた。

「なんぞ分かったかい」

亮吉の言葉に常丸が、

「あの悪《わる》どもは品川歩行新宿《かちしんじゆく》の料理屋葉月《はづき》の次男坊の春太郎《はるたろう》を頭《かしら》にした連中らしいな。春太郎は十八歳、小太りの野郎は令吉《れいきち》というそうだ。最初は品川宿の女郎屋《じよろう》に集まる客の懐を集団で狙《ねら》ったりしていたが、身許《けつ》が割れて、品川を逃げ出した。そのとき持ち出した猪牙舟を足に、江戸で悪さを繰り返しているのさ」

と説明した。

「兄い、いい若い者が悪さをするならするで、なにも野菜売りのよろずばあ様なんぞ狙わなくてもいいじゃないか」

「そこがまだ肚《はら》が据《す》わってねえ悪たれの所以《ゆえん》だ」

常丸の言葉に頷いた宗五郎が、

「その手合いはきっかけしだいで本物の悪になるぜ。ともかく早い機会に摑まえることだ。そうすりゃあ、奉行所の小言くらいで改心しようじゃないか」

と明日からの手配りを命じた。

春太郎の一味の行方を求めての探索が大川の両岸から堀沿いに続いた。だが、なかなかその行方は摑めなかった。

鎌倉河岸のよろずばあさんの事件から四日後の昼下がり、板橋宿《いたばし》の仁左《じんざ》が怪我をしたという噂《うわさ》が奉行所を通じて金座裏に伝わってきた。

宗五郎は政次と亮吉を連れて、急ぎ板橋宿の乗蓮寺《じょうれんじ》前に急行した。すると仁左が左腿《もも》を匕首で刺されて、義父の銀蔵《ぎんぞう》の寝る部屋の隣座敷に床を延べて寝ていた。

「おおっ、金座裏の、どうしたえ」

銀蔵は上体を起こして茶を飲んでいたが、声をかけてきた。

そのかたわらにはいよいよお腹《なか》がせり出したはるが親父と亭主の看病をしていた。

「どうしたもこうしたもあるかえ。仁左が怪我をしたと聞いたので飛んできたのさ」

政次と亮吉は担いできた見舞いの品を廊下に下ろしながら、聞き耳を立てていた。

「しくじった」

と弱々しい声で仁左が床から答えた。

「事情が話せるか」

「へえっ、三日前くらいからさ、女郎屋に上がる一人者の客の懐を狙う野郎どもが出没するってんで、宿場を見回っていたのさ。昨日の五つ半（午後九時）のことだ。たまたまおれが手先に用を命じて、一人で板橋を渡り、上宿に回ったと思いねえ。悲鳴が響いて、五、六人の影が一人の遊び客を囲んだところだったのさ。おれは黙って近づくと、てめえらか、板橋宿を荒らすのは！　と怒鳴ったのさ。ぎょっとして振り向いた連中だったが、おれが一人と見たか、いきなり仲間の一人が飛び掛かってきやがった。構えていた十手《じって》で叩きすえたんだが、頭分の野郎がいきなり匕首で太股を抉《えぐ》りやがった。そんとき、手先が御用提灯《ごようぢょうちん》を掲げて走ってこなきゃあ、二撃目を受けて命も危なかったかもしれねえや」

「仁左、運がよかったぜ。おはる坊との間のやや子の顔を見ねえで死んでたまるか」

と宗五郎が言うかたわらから、政次が、

「仁左親分、そやつどもはまだ大人になりきれない十六、七の連中ではございませんか。親分を刺したのはひょろりとした若い衆とは違いますので」

と聞いた。

「よく分かったな、政次さん」

仁左の返答に宗五郎が、

「春太郎一味は板橋宿に伸《の》していたか」

と驚き、

「頭分が十八歳の春太郎、おめえに叩き据《す》えられたのが副将格の令吉だろうぜ」

と事情を仁左らに話した。

「品川宿でやり尽くした手口ですかえ。あやつら、この板橋で三件の強奪を繰り返し、十六両ばかりを手にしてやがる」

「とうとう刃傷沙汰《にんじょうざた》まで起こしやがったか。仁左、春太郎たちがまだ板橋宿に潜んでいるかどうか知らないか」

「親分、野郎どもは強奪した金で飯盛宿《めしもりやど》の一軒に潜《もぐ》り込んで女郎と遊んでいたらしい。だが、おれを刺した後、加賀《かが》様の下屋敷《しもやしき》の裏手に隠していた舟で戸田川へと下っていった。そいつが今日の探索で分かったところだ」

板橋宿を二つに分けて流れる石神井川《しゃくじいがわ》は宿の東側に広がる加賀百二万石の下屋敷内を通って、南東部の滝野川《たきのがわ》村に出る。そこから王子権現《おうじごんげん》へと下り、音無川《おとなしがわ》、王子川《おうじがわ》と名を変えつつ、豊島村で戸田川（荒川）と合流した。

「野郎どもは人数が揃ってら、舟が通れねえ堰《せき》は舟を岸に担ぎ上げて乗り継いでいるようだ」

「呆れた餓鬼どもだぜ」

と呻《うめ》いて宗五郎が言った。

「御用聞きを怪我させたとなると立派なお尋《たず》ね者だ。いよいよ早くお縄にしねえと怪我人どころか死人が出るぜ」

「まったくだ」

と隣部屋から銀蔵が相槌《あいづち》を打った。

「ともかく仁左が元気そうで安心したぜ」

宗五郎は見舞いの金をはるの手に押し付け、

「御用聞きは因果《いんが》な商売だ。こいつらの手配をしに江戸に戻る」

と座敷から立ち上がった。

「金座裏、恩にきるぜ」

銀蔵が言い、仁左とはるの夫婦が深々と頭を下げた。

宗五郎は板橋宿から駕籠を雇《やと》い、政次と亮吉の二人が駕籠の両脇に従うように金座裏まで走り戻ってきたとき、八百亀ら手先たちはまだ起きて待っていた。

「お帰りなせえ」

という手先たちの声に迎えられ、宗五郎は居間に落ち着いた。

「仁左さんの怪我はどうでした」

番頭格の八百亀が口を開き、宗五郎が事情を告げた。

「なんと品川宿の悪たれどもは、荒川を遡《さかのぼ》って板橋宿に現われてましたかえ」

「餓鬼の悪さで済んでいたものがとうとうお尋ね者になりやがった」

「親分、品川宿で手口を覚えた連中が板橋宿で悪さをして逃げたとなると次は千住《せんじゅ》かねえ」

一行が王子川から戸田川に抜けた、その下流が千住大橋の架かる四宿の一つ、千住だ。

「道筋からしてそうだな。まず内藤新宿《ないとうしんじゅく》には飛ぶめえ。千住で一稼《ひとかせ》ぎすると見たほうが筋道かねえ」

「明日、押し出すか」

「寺坂様と相談した上、千住に手配りしよう」

八百亀は夜が遅いというので、その夜は金座裏の二階部屋に常丸たちと頭を並べて寝ることになった。

「兄い、気をつけて」

と言う波太郎《なみたろう》の声に送られて、通いの下駄貫と稲荷の正太が四つ（午前十時）前に金座裏を出た。

翌朝、宗五郎は北町奉行所に出向き、品川宿に生まれ育った悪童どもの所業を寺坂毅一郎に報告した。

「子供の悪さと甘く見すぎたか。こうなりゃあ、一刻も早い手配りが要《い》るな。金座裏直々《じきじき》に出馬するにゃあ物足りまいが、千住まで足を延ばしてくれるか」

と打ち合わせがなった。

宗五郎が常丸、政次、亮吉、波太郎の四人の手先を連れて金座裏を出たのは四つ半（午前十一時）過ぎだった。

上野山下から下谷《したや》を抜けて、千住宿に昼の刻限に到着した。

宗五郎はまず同業の小塚原町《こつかはらちょう》の寿三郎《じゅさぶろう》のところに挨拶《あいさつ》に出向いた。

「これは金座裏の親分さん、ご一統《いっとう》と打ち揃ってどうなされました」

寿三郎の手先の伴蔵《ともぞう》が驚きの顔で迎えた。

「寿三郎親分はおいでなさるか」

「あいにくと三河島《みかわじま》の親類の法事に出かけてましてね」

寿三郎は親父の代からの御用聞きで宗五郎と同年輩だ。

「親分が法事となると千住宿は穏《おだ》やかかな」

宗五郎は遠出の理由を伴蔵に告げた。

「乗蓮寺の仁左親分を刺した連中が千住宿に潜り込んでいるかもしれないとおっしゃるの

で」

「確かな情報があってのことじゃねえや。それに相手は年端《としは》もいかねえ餓鬼の考えること、思いつきでどう転ぶか知れたもんじゃねえ。だが、板橋からの道筋からいけば千住ということになる」

「分かりました。すぐに女郎宿を当たらせます」

「ならばうちの手先も加えてくんな」

と常丸たち四人も春太郎探索に加わった。

だが、春太郎ら六人が千住の飯盛旅籠《めしもりはたご》に泊まった様子はなかった。

千住宿は幕府が直接管理した五街道の一つ、日光道中《にっこうどうちゅう》の最初の宿場だ。日本橋《にほんばし》から二里八丁（約八・七キロ）、この宿場から日光と徳川御三家の一つ、水戸《みと》藩への水戸街道と分岐した。

千住宿で手前には官許の遊里吉原《よしわら》があったが、四宿の飯盛女のほうが安直でいいという男たちに支持されて、夕暮れともなると遊客が女と床を共にしていった。

夕方、三河島に法事に行っていた寿三郎が戻ってきて、宗五郎がいるのに驚き、

「金座裏、御用だったか、すまねえ」

と赤い顔で謝った。

「なあに、伴蔵さんが手配りしてくれたよ」

と事情を説明した。

「なにっ、板橋の銀蔵の娘婿《むこ》が刺されたってか」

と羽織を脱ぎ捨てた寿三郎が居間の長火鉢の前に座り、女房から熱い茶をもらって、一口飲みながら、

「近頃の餓鬼は甘く見ると仁左のような目に遭《あ》う。もし千住宿に潜り込んでいるのなら、なんとしてもしょっ引かずばなるまい」

と言っているところに伴蔵を先頭に手先たちが戻ってきた。

「親分も帰っていなさったか」

伴蔵が額にかいた汗を手拭《てぬぐ》いで拭《ふ》き拭き、

「飯盛り女をおく旅籠五十数軒すべてを当たってみたがねえ、どこにも悪たれどもの影はねえぜ。昨夜、板橋宿で仁左親分を刺したとしたら、一晩はどこぞに潜り込んで、今晩あたり姿を見せるんじゃねえかねえ」

と報告した。

「金座裏、一晩頑張ってみるかえ」

と寿三郎が宗五郎に聞いた。

「おめえが戻ったとなると千住のことは任せて、おれたちは金座裏に戻ろう」

「よし、春太郎だか夏太郎だか知らねえが、千住で無法を起こさせるこっちゃあねえ。なんぞあればすぐに金座裏に知らせるぜ」

「頼もう」

宗五郎は夕飯を食っていけという寿三郎に礼を述べて、千住宿を後にした。せっかく千住宿まで出張ってきたが、寿三郎の縄張り内で張り合う気持ちもない。

それに宗五郎の胸の内になにかもやもやとしたものが漂って、それが金座裏へと急がせていた。

三ノ輪《みのわ》の辻に差し掛かったとき、宗五郎は、

「腹は北山《きたやま》だがもう少し我慢しねえ。吉原に立ち寄っていこう」

と足を山谷堀《さんやぼり》に向けた。

「親分、面番所に挨拶しに行かれるか」

常丸が聞いた。

「吉原でなんぞ騒ぎを起こさないともかぎらない。声をかけていこう」

官許の遊里吉原は町奉行所支配下にあった。そこで大門《おおもん》を入った左手には南北町奉行所が面番所を設けて交替で隠密《おんみつ》廻同心を常駐させていた。

宗五郎らは見返り柳から衣紋坂《えもんざか》、五十間道《ごじっけんどう》と蛇行《だこう》する坂道を下って、大門を潜《くぐ》った。

宗五郎が面番所に顔を出すと北町奉行所の隠密廻同心佐々木吉兵衛《ささききちべえ》が、

「金座裏、久しいのう」

と挨拶してきた。

かたわらには佐々木の支配下の御用聞き、下谷の華右衛門《はなえもん》が控えていた。

宗五郎は華右衛門にも目顔で挨拶し、

「佐々木様、お役目ご苦労にございます」

と腰を屈《かが》めて訪《おとな》いの理由を告げた。

「なにっ、小わっぱの悪どもが吉原に潜り込むかも知れぬと言うか」

「へえっ、頭分は十八歳の春太郎って野郎なんで」

しほが描いた人相描きを見せると佐々木は、華右衛門に、

「特徴を控えておけ」

と命じた。

「金座裏、六人で吉原に潜り込むようであれば見逃さぬぞ」

と佐々木が胸を張り、用事を済ませた宗五郎一行は大門を出た。

「亮吉、腹が減ったか」

千住を出て以来、珍しく黙り込んでいた亮吉に宗五郎が声をかけた。

「親分、情けねえが返事もできねえ」

「酒を飲む元気もねえか」

「冗談は言いっこなしだ、酒を飲めば元気になるぜ」

「五十間道に美味《うま》い猪鍋屋《ししなべや》ができたそうだ、猪鍋で一杯やっていこうか」

「そうこなくっちゃあ」

急に元気になった亮吉が、

「親分、どこだえ」

と先頭に立った。

三

下駄貫はその刻限、内藤新宿に独りでいた。

春太郎一味が板橋宿で御用聞きの仁左の太股を刺したと聞いたとき、近くの千住宿や吉原には潜り込むまいと直感したのだ。

若さの勢いで奔放《ほんぽう》な生き方をしている連中だ。

(板橋宿に近いからと千住宿へ行くものか)

と思った。だが、自分の考えは宗五郎には伝えなかった。

昨夜、金座裏を出た下駄貫は稲荷の正太と一緒に家路を辿《たど》った。

「稲荷、この前の話は考えたか」

二人の背から北風が吹いてきた。

「この前の話って」

「政次が十代目になるって話よ」

「兄い、その話ならどうしようもあるまいぜ。子分がうんぬんするもんじゃねえしな」

「稲荷、だらしねえぜ。おめえは金座裏に入って何年になるんだ」

「長いねえ」

「おりゃ、二十年だぜ。それがぽっと出の新参が親分だなんて許せるか」

「兄いの気持ちは分からないじゃねえ。だがな、どうしようもねえことがこの世の中にはあるんだ」

「ちぇっ」

「下駄貫の兄い、政次だって好きで松坂屋から金座裏に来たわけじゃねえや。松六様と親分の話し合いで手代から手先に変わったんだ。政次はあんな男だ、口には出さねえがそのことを悩み苦しんでいると思うぜ」

「そんなこと知ったことか」

「兄い、この話はもうなしにしてくんな」

二人は御堀端で左右に分かれた。

その翌日、下駄貫は金座裏には出向かず内藤新宿に上がった。それも神田川《かんだがわ》沿いにだ。

春太郎たちが猪牙舟で移動しているなら、内藤新宿の傍まで戸塚《とつか》村か高田《たかだ》村辺りに舟を繋《つな》いでいないかと思ったからだ。

だが、目当ての舟は見つからなかった。

夕暮れ、内藤新宿に入った下駄貫は、東西九町十間に散在する旅籠五十余軒を一軒ずつ聞き込みに歩いた。

一人での探索だ、時間がかかった。

五つ時分、仲町と下町の境の裏手、太宗寺《たいそうじ》の門前の一膳飯屋で酒を一合ばかり飲み、鯖《さば》の煮付けで飯を食った。

きないでいた。

下駄貫はこれまで探索で迷ったことなどない。だが、今度の一件ばかりは探索に集中で

（どうしたものか）

飯を食い終えた下駄貫は通りに戻った。

甲州《こうしゅう》道中と青梅《おうめ》往還の追分《おいわけ》に向かって歩いていくと、ふいに六人連れの男たちが路地から現われた。酒でも飲んでいたらしく、声高《こわだか》に騒ぎながら通りを突っ切り、子育て稲荷の異名をもつ重宝院《ちょうほういん》の塀沿いに入っていった。

「春太郎の兄い、今晩は女のところにしけこもうぜ。遊び代くらいは稼いだろう」

「でけえ声を出すな！」

とひょろりと長身の春太郎が弟分の令吉に怒鳴った。

（ざまあ見やがれ、見つけたぞ）

下駄貫は胸の中で快哉《かいさい》を叫んだ。

（さあ、どうしてやろうか）

下駄貫の胸の中には、どうしても一人で手柄を挙げてみせるという一事しかなかった。

春太郎たちは重宝院の東側にひっそりと旅籠の看板を掲げる、

「みその屋」

に、わいわいと騒ぎながら上がった。

下駄貫はしばらく間をおいて、みその屋の前に立った。

「泊まりで」

番頭が暗い見世《みせ》の中から声をかけてきた。

「御用の筋だ」

下駄貫は懐から十手の柄《つか》を出して、
ちらり
と見せた。

「今、六人連れが上がったろう。やつらの隣部屋に入れてくんな」

番頭は嫌《いや》な顔を一瞬見せたが、

「どうぞ」

と薄暗い土間に入れた。

二階では春太郎たちが座敷に落ち着いたらしく、女郎たちが酒を運んでいこうとしていた。

下駄貫は湿《しめ》っぽく、寒い布団部屋に入れられた。

薄い壁越しに春太郎たちの騒ぐ声が響いてきた。

下駄貫は、

(一人で六人をお縄にするには、どうしたらいいか)

を考えた。

六人がそれぞれの女郎の部屋に下がり、事が済んで寝込んだ夜明け前に部屋部屋に忍び

込んで次々にお縄にすることだ。まず春太郎と令吉を捕縛すれば、

（残り四人は雑魚《ざこ》だ）

と考えた。

下駄貫はひたすら酒を飲んで馬鹿騒ぎする悪たれたちの宴が終わるのをじっと待った。

まだ前髪もとれない春太郎たちの宴が果てたのは四つ半（午後十一時）のことだ。それぞれが女郎たちを連れて各々の部屋に下がっていった。

静寂《せいじゃく》が訪れ、布団部屋の寒さが増した。するとどこからともなく女郎たちの艶《つや》に装われた声が洩《も》れてきた。

（ちぇっ、餓鬼の遊びに付き合うたあ、下駄貫もしけたもんだぜ）

天龍寺《てんりゅうじ》で打ち出された時鐘《じしょう》が九つを告げて、みその屋は重い静寂に包まれた。そして、鼾《いびき》が競って響き始めた。

もう少しの我慢だ。

（おれ一人で春太郎たちをお縄にしてやる）

その思いだけが下駄貫の脳裏を支配していた。

みしり
と廊下に足音がして、障子がふいに開けられた。

敷居にひょろりとした影が立っていた。

「てめえは」

「おめえが探している男よ」

春太郎の低い声がした。

「ど、どうして」

「知ったかと聞くのか。手先、なんでも銭の世の中だぜ、おめえがおれたちに聞き耳立てるなんざは、すぐに牛太郎《ぎゅうたろう》が知らせてくれたぜ」

「金座裏の一の子分、下駄貫がおめえをふん縛《じば》るぜ！」

下駄貫は懐から十手を抜き出しながら立ち上がろうとした。だが、寒い布団部屋で長いこと同じ姿勢でいたせいで、体が自在に動かなかった。

春太郎が、
ふわっ
と動き、背に隠していた抜き身の匕首が翻《ひるがえ》って、よろめき立つ下駄貫の鳩尾《みぞおち》に冷たくも刺さり込んでいった。

うっ
さらに二度三度と滅多《めった》突《づ》きに春太郎の手が躍った。

下駄貫の手から十手が落ち、体から急に力と温《ぬく》もりが抜けて、後ろ下がりに尻餅《しりもち》をついて倒れた。

「なんてこった」

下駄貫の口からこの言葉が洩れたが、もはやだれの耳にも届かなかった。

昼前の陽光が下駄貫の顔を照らしていた。

江戸の町を走り回って陽《ひ》に焼けた下駄貫の顔が白っぽく見えた。血が流れたせいだ。

金座裏の宗五郎は滅多突きにされた下駄貫の胸から腹部の傷を検《あらた》めると血塗《ちまみ》れの袷《あわせ》の襟《えり》を合わせようとした。

「親分、浴衣《ゆかた》があらあ」

八百亀が近くの旅籠から譲り受けてきた、真新しい浴衣を長年の弟分の体にかけた。

宗五郎は手先の亡骸《なきがら》に合掌《がっしょう》した。すると周りに声もなく立っていた同僚たちが親分を見習って、両手を合わせた。

最後に浴衣を着せ掛けた八百亀が合掌した。

そこは内藤新宿で時鐘の寺として有名な天龍寺の裏手、玉川上水から分水された水が千駄ヶ谷村へと流れ込む岸辺の土手だ。

周りは信濃《しなの》高遠《たかとお》藩の下屋敷や御家人屋敷が取り囲んで、流れの縁だけが長閑《のどか》な風景を見せていた。

下駄貫の死体を見つけたのは仕事場に向かおうとしていた千駄ヶ谷村の植木屋の職人で、すぐに内藤新宿の番屋に届けた。番屋から土地の御用聞きに連絡が行き、検視した御用聞き、追分の三五郎《さんごろう》の手先の一人が、

「親分、こいつは金座裏の親分の手先、下駄貫だぜ」

と驚きの声を上げて、金座裏に急報したのだった。

金座裏では朝餉《あさげ》も終わり、その日の探索の手配りを終えたところに内藤新宿からの急使が飛び込んできて、大騒ぎになった。

宗五郎はまず波太郎を寺坂毅一郎の許《もと》に走らせると、残った手先に、

「だれか下駄貫が新宿に上がることを承知していたか」

と聞いた。

「親分、昨日はだれも下駄貫に会った者はいねえぜ」

八百亀が答えると稲荷の正太が、

「となると一昨日の夜におれが堀端で別れたのが最後か。親分、内藤新宿に出向くなんて一言も言ってなかったぜ」

と応じた。

正太は鬱々《うつうつ》としていた下駄貫の胸の内のことは黙っていた。

「稲荷、下駄貫の長屋に飛んで事情を知らせてこい。新宿に行くというのなら、駕籠を雇って乗せていけ」

そう手配りした宗五郎と八百亀らは、内藤新宿に急行してきたのだ。

追分の傍に一家を構えるので追分の三五郎と呼ばれる御用聞きは、宗五郎より三つ四つ若かった。

三五郎は、下駄貫の亡骸が発見された現場で宗五郎一行を迎えた。まず探索の手がかり

にと現場の保存を子分たちに命じ、下駄貫の亡骸も現場も宗五郎が来るまでそのままにしていてくれたのだ。

合掌していた宗五郎は両眼を見開くと、

すっく

と立ち上がった。

「金座裏の、見てのとおりだ。下駄貫はここで殺されたんじゃねえ、どこぞで刺されて運ばれてきたんだ」

三五郎が声をかけた。

「世話をかけたな、追分の」

宗五郎の言葉に頷いた三五郎が言った。

「下駄貫が探索に関わっていたか遊びに来ていたか知らねえ。まずは内藤新宿内で殺されたかもしれねえと見当をつけ、手先どもに当たらせている。おっつけなにか分かろう」

宗五郎は黙って頭を下げ、

「おめえの勘は当たっている気がする」

とだけ答えた。

下駄貫がこの場で殺されたにしては血が少なかったし、争った跡も見えなかった。他所《よそ》で殺されたのは確かだが、そう遠方から運ばれて投げ捨てられたとも思えなかった。

「親分、番屋に運んでいいかえ」

と三五郎が聞いたとき、寺坂毅一郎と波太郎が駆けつけてきた。

「下駄貫か」

毅一郎が叫び、宗五郎と三五郎の二人の御用聞きが畏《かしこ》まった。掛けられた浴衣が八百亀の手で剝《は》がれ、悔いを残した顔と無残な死体に、

「なんてこった」

と毅一郎が吐き捨てた。

「だれが殺《や》ったか、見当はついたか」

「寺坂様、今、宿場じゅうを当たっているところにございます」

と追分の三五郎が答えた。宗五郎が申し訳なさそうに言った。

「下駄貫の十手が見当たらないので」

「金座裏、殺した野郎が持っていったと言うのか」

「おそらくは」

「金座裏、追分、だれが下駄貫を殺したにせよ、お上の御用を務める者が狙われたんだ。十手も奪われたとなりゃあ、こっちの面子《メンツ》もある、一刻も早く下手人《げしゅにん》を挙げよ！」

と火を吐くような声で命じた。

「へえっ」

と畏まったのは三五郎だけだ。

宗五郎は、

（なぜ下駄貫がだれにも言わずに内藤新宿に出向いてきたか）

を考えていた。

下駄貫の亡骸が戸板に乗せられ、番屋《ばんや》へと運ばれていった。

最後まで現場に残ったのは寺坂毅一郎と宗五郎の二人だけだ。

「下駄貫は一人で春太郎一味を追っていたようにございます」

「金座裏が命じたわけではないのだな」

「旦那も八百亀からお聞き及びのとおり、あいつ、政次のことを気に病んでおりました。それで平静を欠き、一人で手柄を挙げたかったか、内藤新宿に狙いをつけたようなんで」

「そして春太郎らの罠《わな》に嵌《はま》ったというのだな」

宗五郎が黙って頷いた。

「下駄貫め」

毅一郎がやりきれない風に呟《つぶや》いた。

「寺坂様、わっしの考えが間違ってましたかねえ」

毅一郎が、
きいっ
として宗五郎を睨んだ。

「宗五郎らしくねえぜ、だれがおめえの考えたことが間違ったなんて考えるものか。おめえの考えたことはもはやおめえだけのものではねえ、北町奉行小田切様、古町町人《こまちちょうにん》松坂屋松六ら全員の総意だ。それを忘れてもらっちゃあ、困るぜ」

毅一郎はわざと伝法《でんぽう》な口調で、弱気になった宗五郎を叱咤《しった》した。

「寺坂様、申しわけねえ、つい弱気になっちまった」

「宗五郎、下駄貫の弔《とむら》い合戦だ。まずはおめえの手で悪たれを捕まえねえな。下駄貫の弔いはそれからだ」

「へえっ」

寺坂毅一郎の命に金座裏の宗五郎が大きく頷き、畏まった。


追分近くの番屋を寺坂毅一郎と宗五郎が訪ねたとき、番屋の前に空駕籠が止まり、中から悲鳴にも似た女の泣き声が上がった。

「お父つあん、どうしたのよ。なんとか言ってよ」

下駄貫の娘の夏世《かよ》の声だ。

宗五郎が番屋に入ると夏世が二つになる娘の花《はな》を横抱きにして、片手で下駄貫に縋《すが》っていた。

宗五郎は夏世から花を抱き取った。夏世が振り見て、

「親分」

と言った。

「夏世、すまねえ、このとおりだ。親父を死なせてしまった宗五郎を怒ってくれ」

夏世が、わあっ、と泣き声を上げると下駄貫の瘦《や》せた体に取り縋った。

「親分！　下駄貫の兄いが殺された場所が分かったぜ」

と興奮した叫びが内藤新宿追分番屋に響いた。

その場にいた全員が番屋の戸口を見ると、三五郎の手先たちが番頭とも牛太郎ともつかぬ風体《ふうてい》の男を引き立ててきた。

「みその屋の番頭熊蔵《くまぞう》だ。こいつがさ、血塗れの布団を始末しようとしているところをとっ捕まえて、問い質《ただ》すと昨夜、下駄貫の兄いがみその屋に上がり、布団部屋から六人連れの悪たれどもを見張っていたと喋《しゃべ》くりやがった。下駄貫がいることを下手人に話したのは、どうやらこいつらしいぜ」

と手柄を述べ立てた。

熊蔵は真っ青な顔でぶるぶると震えていたが、土間に座らされた。

そのかたわらでは下駄貫の亡骸に夏世が縋りついていた。

熊蔵は下駄貫の死骸から視線を背《そむ》けていた。

「寺坂様、金座裏の、聞いてのとおりだ」

三五郎がその後の調べを二人に託した。

下駄貫が探索に関わっていて殺されたと三五郎は悟ったからだ。

頷いた宗五郎は熊蔵の前に片膝《ひざ》をついた。

「熊蔵、よおく見ねえ、おめえがわずかばかりの小遣《こづか》い稼ぎに走ったせいで、父親に取り縊って泣く娘と孫娘がおれの腕の中にいらあ。下手人はどこの何者かきりきり白状しねえ！」

凄《すご》みを帯びた宗五郎の言葉に頭を土間に擦《こす》りつけた熊蔵が、

「親分、まさかあのちんぴらが殺すなんて考えもしなかったんで」

と叫ぶように言うと身を捩《よ》じらせて泣き出した。

四

下駄貫の亡骸は内藤新宿で雇った大八車《だいはちぐるま》に寝かされ、その上に夜具が掛けられて金座裏へと戻っていった。そのかたわらには花を負ぶった八百亀ら手先たちが従った。

寺坂毅一郎は一足先に奉行所に戻っていた。

大八車の後から宗五郎と放心の体《てい》の夏世が歩いていく。

風もなく穏やかな日射しに照らし出されながら大八車に従う一行の険《けわ》しい顔に、道行く者たちは、

ぎょっ

として道を空けた。

「親分、こんなことが起こるのではないかと思ってました」

夏世が前を向いたまま言った。

「お父つあんは親分に内緒で新宿に行ったのですね」

「どうしてそんなことを聞く」

「近頃《ちかごろ》のお父つあんは荒れていたとおっ母さんが何度も嘆いてましたから」

「その理由を承知か」

「政次さんのことでございますね」

　と夏世が言った。

「馬鹿な話です、若い人が上に立つなんてことはどこにもあることです。それをお父つあんは気にして苛々《いらいら》としていました」

「つい最近のことだ。八百亀から相談を受けて、おれが下駄貫とさしで話そうとしていた矢先のことだった。夏世、もちっと前におめえの親父と話し合うべきだった、謝るぜ」

「止めて下さいな、親分さん。うちのお父つあんは御用が好きでした、私が子供の頃から家業の下駄屋を継がずに外を飛び歩いてばかりでした。その結果がこんな体《てい》たらくだ。いえ、親分さんを責めているんじゃありません、お父つあんは好きな道を全《まっと》うしたと思います、思いたいのです。親分にも無断の探索のようですが、悪い奴《やつ》を捕まえたい一心でこうなったと考えたいのです。親分、それでいいですね」

「そのとおりだ」

「お父つあんは、政次さんが十代目の金看板を背負える人だと分かっていたんだと思います。それでも妬《ねた》み心をどうすることもできなかった。親分さん、この一件で政次さんを苦しめたくございません。親分、どうかそれだけをお願いします」

「夏世、よう言ってくれた。この宗五郎、おめえの気持ちを終生忘れることはねえぜ」

宗五郎は夏世に答えると、

（政次を立派な十代目に育て上げる）

と下駄貫の霊に誓った。


金座裏に運ばれた下駄貫の亡骸は家族やおみつらの手できれいに清められ、白衣の弔い衣装が着せられた後、通夜《つや》の行なわれる下谷の源空寺《げんくうじ》に運ばれた。

その夜の下駄貫の通夜には、金座裏の宗五郎とおみつ夫婦、手先一同をはじめ、北町奉行所定廻同心寺坂毅一郎、豊島屋の清蔵ととせ夫婦、綱定の大五郎《だいごろう》とおふじ夫婦、彦四郎、駕籠かきの梅吉、繁三兄弟など大勢が参列した。

しほも清蔵夫婦に従って源空寺に行った。

通夜の読経《どきょう》が一段落した頃、政次が独り、
そうっ
と席を立った。

本堂を出るとすたすたと山門へと歩き出した。

その背には決然とした緊張が漂っていた。

「政次さん」

しほの声がした。振り向く政次に、

「どこへ行くの」

　としほが聞く。

「政次さん、一人で春太郎が頭の下手人一味を探しに行くの。貫六《かんろく》さんの二の舞はよして、政次さんらしくないわ」

「しほちゃん、下駄貫の兄さんがこの私を嫌っていたことは私も知っていたんだ。そのせいで兄さんは一人で動いて、こんな目に遭《あ》った。原因を探れば私のせいと言えなくもない」

「違うわ。貫六さんは探索の最中に悪い連中に襲われ、命を落とした。政次さんのことはなんの関わりもないの。うぬぼれないでね」

　ぴしゃり
　と決めつけたしほの声は、
　ずしり
　と政次の腹に響いた。

「政次、しほちゃんの言うとおりだぜ」

　亮吉の声がして、数人の影が姿を見せた。

　常丸を頭に広吉《こうきち》、波太郎、伝次《でんじ》ら住み込みの若い手先たちだ。

「下駄貫の兄《あに》さんの仇《かたき》を討つ気だな。だが、政次、おめえばかりには抜け駆けさせねえぜ。こいつばかりは金座裏の手先一同の御用だ」

常丸が言い切った。

政次は黙って立っていた。

「政次、この探索はおめえに指揮を取ってもらおうじゃねえか。おれたち、金座裏の半端《はんぱ》者《もの》は、おめえの命に従うぜ」

「常丸兄さん、ありがとうございます」

「礼は手柄を立ててから言え」

「はっ、はい」

と答えた政次がしほに命じた。

「しほちゃん、親分に言ってくれ。品川宿に春太郎たちを探しに行くとね」

「承知したわ、政次さん」

しほの言葉に送られて、政次たち一行は品川宿へと走り出した。

政次は、内藤新宿で殺しまで起こした春太郎らが一度は生まれた宿場の品川に顔を出すはずと踏んだ。

そこで春太郎の実家、善福寺《ぜんぷくじ》前の小料理屋松風《まつかぜ》を善福寺の山門の陰から見張ることにした。

春太郎がばあちゃん子で甘やかされ放題に育ち、その祖母のつたがまだ存命との聞き込みがあったからだ。

内藤新宿で宗五郎の手先の下駄貫を殺していた。それがどんなことか、悪《わる》の春太郎が知らないわけはない。高飛びする前に必ずつたにまとまった金子《きんす》をねだりに来るというのが政次の読みだった。

夜を徹した見張りが続いたが、春太郎が立ち戻る気配はなかった。

朝方、亮吉が、

「今日は下駄貫兄いの弔いだが、どうするね」

と政次とも常丸ともつかず訊《き》いた。

「亮吉、この探索の頭は政次だ、おれじゃあねえ」

亮吉の視線が政次に行った。

「兄《あに》さんの弔いは春太郎ら下手人をお縄にしてからだ」

政次がきっぱりと言ったとき、彦四郎の大きな姿が朝靄《あさもや》に包まれて目に入った。手には風呂敷包みを提げている。

「朝餉の握り飯だ。姐さんが持っていけとよ」

と彦四郎が鮓桶《すしおけ》に入れられた握り飯を差し上げた。

「こりゃ、助かったぜ」

亮吉が叫んだ。

彦四郎が風呂敷包みを亮吉に渡し、

「常丸兄い、政次、親分からの伝言だ。善福寺前に花屋吉兵衛《はなやよしべえ》という小さな店がある、そこを見張り所に借り受けろとさ」

と財布を差し出した。

「親分はすべてお見通しか」

と呟いた常丸が、

「政次、おめえが花屋吉兵衛に交渉に行ってくんな」

と財布を渡した。

事件は見張りを始めて三日目の夕暮れに起こった。

駿府《すんぷ》浜松《はままつ》城下から旅してきて品川の宿に辿りついたばかりの親子連れが十手を持った若い手先に金品を奪われたというのだ。

そのときの口上《こうじょう》が、

「金座裏の宗五郎の手先だ、御用の金を借り受ける」

であったとか。

「政次、どうするね」

「兄さん、親子に会って下さい。春太郎の仕業かどうか念を押しておきたい。私は松風を見張ります」

政次がきっぱりと言い切った。

「おれもここに残ろう」

亮吉が花屋の店先を見回した。

花屋吉兵衛は品川の寺町に墓参りに来る客を相手に仏花やら樒《しきみ》を売る小店で、夜になると吉兵衛と娘のかまは近くの長屋に戻り、店は無人になった。

「常丸兄さん、やつら、猪牙舟を乗り回している。万が一の場合に彦四郎も連れていって下さい」

綱定の船頭彦四郎は金座裏の手先のような顔で品川に残っていた。むろん龍閑橋《りゅうかんばし》から乗ってきた猪牙舟は品川宿の知り合いの船宿に舫《もや》われていた。

「よし」

と常丸が気合を入れて、波太郎、広吉、伝次に彦四郎を引き連れて花屋吉兵衛の裏口から外の闇《やみ》に出た。

「兄さん、春太郎は下駄貫の兄さんを殺して自暴自棄になっています。くれぐれも気をつけて下さい」

「承知した」

常丸らはその声を残して闇に溶け込んだ。

番屋で、危難に遭った旅の親子連れが南品川宿のごぜんやに投宿していることを聞いた常丸たちは旅籠に向かった。

駿府浜松城下から旅してきた親子連れというのは仏具屋の遠州屋林右衛門《えんしゅうやりんえもん》と倅の伊太郎《いたろう》で、浅草門前の同業との商い話に江戸に辿りついたところだった。

親子は常丸たちが、

「金座裏の宗五郎」

の手先と名乗ると凝然《ぎょうぜん》とした顔をした。

「おまえさん方を襲った野郎は、金座裏の手先と名乗ったそうだな」

「はい、十手も見せましてございます」

と林右衛門が答えた。

そのかたわらから倅の伊太郎が、

「おまえさん方の朋輩《ほうばい》の仕業ですか」

と、
きっ
とした視線を向けた。

「その前に聞きてえ。十手をちらつかせて金を奪ったのは、ひょろりとした十八、九歳の野郎じゃねえか」

「そのとおりの男ですよ。でも、痩せた体から血腥《ちなまぐさ》い臭いが漂ってくるようで、肝《きも》を冷やしました。命あっての物種と路銀《ろぎん》をそっくり渡しました」

「いくら被害に遭いなさった」

「商いの金子は為替《かわせ》で送ってございます。強奪されたのは路銀十二、三両でした」

「野郎はうちの手下なんかじゃねえ。この品川宿の小料理屋の倅で春太郎、十八歳の餓鬼だ。仲間が五人ほどいたはずだ」

「そのときは三人ほどが私どもの後ろを固めておりました」

親父の返答を待って伊太郎が、

「なんで悪たれが十手なんぞを振り回すのです、江戸ではだれでも十手を持てるのですか」

と詰問《きつもん》した。

「数日前のことだ、おれたちの兄さんを内藤新宿でなぶり殺しにして十手を奪っていったのだ」

常丸の返事を聞いた親子が目を丸くして言葉を失った。

「命あっての物種と親父どのが言われたが、怪我がなくてよかった」

伊太郎が、
ふーう
と息をついた。

「旅をしてきた人に十手を使って金子を強請《ゆす》りとる餓鬼どもの所業許せるもんじゃねえ、ちょっとの間、辛抱《しんぼう》してくれ。なんとしてもお縄にするからな」

と言う常丸に林右衛門が頷き、

「そやつどもは湊《みなと》のほうへ走っていきましたよ」

と言った。

「よし、刻限は経《た》っているが浜をあたろう」

常丸らと彦四郎らは夜の品川の浜辺と走っていった。

品川湊は海岸線の長い品川浦の、長く延びた砂洲によって保護された御殿山下《ごてんやま》と大井境《おおいさかい》の海晏寺《かいあんじ》の門前の前浜鮫洲《さめず》とに分かれていた。

常丸たちはまず南北の品川を分かつ目黒川の中ノ橋界隈から探索を始めた。だが、すでに昼間に捜索した一帯には、不審な舟は見当たらなかった。そこで大井境へと捜索の輪を広げた。

しばらくして彦四郎が常丸の肩を叩いた。

常丸が彦四郎の指す方向に視線を這《は》わすと船陰で焚《た》き火《び》の明かりが見えた。人影も見えた。

「ぬかるんじゃねえぞ」

常丸が低い声で注意を与え、懐から十手を抜いた。

彦四郎は五尺ほどの竿を両手に構えた。

常丸の指示で広吉たちは散開して焚き火に接近していった。焚き火に当たりながら酒を飲んでいるのは三人だけだ。

「兄貴ったら、遅いじゃねえか」

「草鞋《わらじ》を履《は》くにはまとまった金がいるんだよ、ばあ様のへそくりをそっくりと貰《もら》ってくると言っていたから、もうちっと時間がかかろうぜ」

「おれ、上方《かみがた》なんて行ったことがねえや」

「酒は美味《うま》いしよ、女の肌の湿りも江戸とは違うというぜ」

幼さを残した声が一人前の会話をしていた。

「上方なんぞに逃してたまるものか、おめえたちの行く先は伝馬町《でんまちよう》の牢屋敷《ろうやしき》だ」

常丸の低い声が響いた。

わあぁっ
という驚きの声を発した三人が慌てて、匕首や長脇差を摑んだ。

「ばかな真似をするんじゃねえ！」

常丸の声とともに伝次、広吉、波太郎が十手を翳して殴《なぐ》りかかり、彦四郎の竿が唸《うな》ると立ち上がろうとした一人の腰を叩いて、浜に転がした。さらに得物《えもの》を握る手首を叩いて、匕首を放させた。

「静かにしねえか」

大力の彦四郎の竿はさらにもう一人、長脇差を抜いて暴れようとする悪たれの足の脛《すね》を払って突き転がし、三人はあっと言う間もなく縄を打たれた。

「政次、現われたぜ」

亮吉の声を待つまでもなく、三つの影がすでに明かりを落とした小料理屋の松風の門前を見回し、裏口へと回り込もうとするのが見てとれた。

「亮吉、行こう」

政次は花屋吉兵衛の店の中から見張る間に吉兵衛に棒切れを貰い、小刀で三尺四寸余りの木刀に造り上げていた。それを手に花屋の店を出た。

亮吉は十手を構えた。

春太郎たちはすでに路地に回り込んでいた。

政次と亮吉が後を追った。

裏木戸を押し開けようとした三人が人の気配に振り向いた。

「春太郎、神妙にせえ。内藤新宿でおまえが殺した下駄貫兄いの弟分、政次に亮吉だ」

政次の沈んだ声が路地に響いた。

「兄貴、やっぱり品川は鬼門《きもん》だったぜ」

腰に長脇差を突っ込んだ小太りの令吉が言った。

「相手は二人だ、叩き殺して江戸を離れるぜ」

春太郎が一端《いっぱし》の悪振りを見せて言った。

「下駄貫兄いの十手をどうした」

亮吉が春太郎に訊いた。

「手先の十手も使い道によっちゃあ、効《き》くってのが分かったぜ」

春太郎が懐に左手を突っ込み、十手を取り出した。それを片手で、

くるくる

と回しながら、もう一方の手を腰帯に回した。

政次が手造りの木刀を突き出しながら、間合いを詰めた。

亮吉も十手を右手に構えて、政次のかたわらに従った。

間合いが二間と狭まり、春太郎が、

「令吉、突っ込め！」

と命じた。

令吉が長脇差を構えると突進してきた。

それを受けたのは独楽鼠の亮吉だ。

十手を長脇差に打ち合わせ、棒の上に長脇差の刃を滑らせると鉤《かぎ》で刃を挟み込んだ。

小太りの令吉と小柄な亮吉の力比べになった。

半身に構えていた春太郎の十手が政次に向かって投げられた。

政次は片手に構えていた木刀で飛来する下駄貫の十手を撥《は》ねた。

その動きを狙っていた春太郎のもう一方の手が閃くと匕首の切っ先が政次の目に見えた。

「死にやがれ！」

政次の木刀は左肩へと流れていた。

その隙《すき》を突くように春太郎の匕首が政次の胸を抉ろうとした。

春太郎は、政次が赤坂田町《あかさかたまち》神谷丈右衛門《かみやじょうえもん》道場で修業を積んだ剣術の遣い手とは夢想だにしていなかった。

政次の木刀が迅速に翻り、飛び込んでくる春太郎の長身の肩口を激しく叩いていた。

げえっ

と悲鳴を上げた春太郎の長身がよろめいた。それでも片手の匕首を離すことなく、腰に溜めるともう一度突進してこようとした。

「無駄あがきをするんじゃない！」

政次の叱咤が飛ぶと腰溜めにした匕首を木刀が払い落とした。

そのとき、もう一つの勝負が決着しようとしていた。

俊敏な亮吉が令吉の足に自分の足を絡めて、体勢を崩すと十手をねじり上げ、長脇差を手から放させた。

その直後に地べたに押し倒して、

「神妙にしやがれ！」

と叫ぶと縄を手早く掛けた。

春太郎は素手となった片手を抱えるように立っていた。

争いの気配に気付いた松風の裏口から老婆が顔を覗《のぞ》かせ、

「春太郎」

と叫んだ。

「ばあちゃん！」

と叫んだ春太郎が泣き出した。

もう一人の仲間はただ呆然《ぼうぜん》と立っていた。

政次が懐から捕縄を出すと春太郎の両手を後ろに回させ、縄を打った。

亮吉が三人目の悪たれに縄を打とうとしたとき、

「政次、亮吉！」

と叫びながら、常丸たちが路地に走り込んできた。

政次は、

「常丸兄さん、捕まえたよ」

と平静な声で応じると塀の下に落ちていた下駄貫の十手を拾い、袖《そで》で十手を拭《ぬぐ》った。

第五話　若親分初手柄

一

冬晴れのその日、下谷《したや》の源空寺《げんくうじ》で若い男女たちが真新しい卒塔婆《そとば》の前に集まっていた。探索中に非業の死を遂げた下駄貫《げたかん》のものである。常丸《つねまる》ら金座裏《きんざうら》の二階に住み込む手先《てさき》連中と豊島屋《としまや》のしほに綱定《つなさだ》の船頭彦四郎《ひこしろう》らの姿だ。

下駄貫の霊前に頭を下げた政次《せいじ》は、

(兄《あに》さんを殺した下手人《げしゅにん》はこの政次が縄にしました。私は与えられた道をただ真っ直ぐに歩いていきます)

と誓った。

下手人の春太郎《はるたろう》ら六人は北町奉行所《きたまちぶぎょうしょ》の吟味方《ぎんみがた》の手で調べられていた。

首謀者の春太郎は十八歳と年は若いが、お上《かみ》の御用を務める手先を殺した一件と十手《じって》を使って強奪を働いた一件が心象を悪くして、

「いくら十八歳とはいえ、その所業許し難し」

の声が強いという。

終生八丈島《はちじょうじま》遠島か、悪くすると死罪の沙汰《さた》が下りないともかぎらない情勢だそうだ。

「常丸兄い、どこぞで昼飯でも食べていくかい」

と彦四郎が言い出した。

だが、答えたのは亮吉《りょうきち》だった。

「彦四郎、今日はだめなんだよ。親分がさ、墓参りが終わったら、内々で下駄貫の兄さんの別れをやるから早く帰ってこいだと」

「なんだ、つまらねえ。親方から許しを得てきたのにな」

と彦四郎がぼやいた。

「彦四郎、しほちゃんもおめえも親分が誘ってこいとさ」

「なにっ、おれたちも別れの席に出ていいのか」

「おう、そうだよ」

「ならば急いで金座裏に戻ろうか」

一行が金座裏に戻ったとき、昼前の刻限で玄関先は綺麗《きれい》に掃《は》き清められていた。

その上、羽織袴《はおりはかま》の松坂屋《まつざかや》の松六《しょうろく》、北町与力《よりき》の牧野勝五郎《まきのかつごろう》と吟味方与力今泉修太郎《いまいずみしゅうたろう》、定廻同心《じょうまわりどうしん》の寺坂毅一郎《てらさかきいちろう》、赤坂田町《あかさかたまち》の道場主神谷丈右衛門《かみやじょうえもん》、それに金座後藤《ごとう》家用人の後藤喜十郎《きじゅうろう》に豊島屋清蔵《せいぞう》らが座敷に顔を揃《そろ》えていた。さらには金座裏界隈の町名主《まちなぬし》たちとお歴々も顔を揃えていた。

宗五郎も羽織袴だ。

「おい、ちょいと様子が違わねえかえ」

彦四郎の驚きの言葉に亮吉も頷《うなず》いた。

八百亀《やおかめ》が、

「政次、さっさと奥へ行きねえ」

と呼び込んだ。

緊張した面持《おもも》ちの下駄貫の家族の姿が見えた。

「しほちゃん、こりゃ、下駄貫の兄さんの別れの宴とも思えねえな、えらく大がかりだぜ」

亮吉の言葉にしほは頷きながら、察するものがあった。

「兄さん、座敷にさ、たくさんよ、膳が並んでいるぜ」

金座裏の広間が三つぶちぬかれて、料理屋から取り寄せられたような膳が何十も並んでいた。そして、正客が上座《かみざ》から席に着こうとしていた。

「常丸、おめえらもさっさと座敷に上がった上がった」

八百亀が住み込みの連中を招じ上げ、末席に着かせた。

座はいくつか空《あ》いていたが主《あるじ》の宗五郎が、

「本日、多忙な皆様方にご参集いただきましたは、二つばかりお願いの筋がございますので」

と挨拶《あいさつ》を始めた。

亮吉はそのとき、座の一角に政次の親父とお袋の姿があるのを見て、ようやく、

ははあん
と頷いた。

「まず皆様にご心配お掛けしました下駄貫こと貫六《かんろく》の突然の死にございます。お上の御用を務める以上、いつ何時凶刃《きょうじん》に倒れるや知れぬとわっしどもは常々覚悟しておりました。ですが、老練な下駄貫があのような形で亡《な》くなるとは今もって信じられないことにございます。下駄貫は親父の代から御用を務めてきた八百亀に次いで古手の手先にございました。その昔、九代目を継いだ若造の私は下駄貫の才気《さいき》煥発《かんぱつ》な知恵と勇気にどれほど助けられたか分かりません。それがあっさりと十八歳の若者に命を奪われた、なんとも悔しい限りにございます」

宗五郎は無念そうに一旦《いったん》口を閉じ、しばし思いを巡《めぐ》らすように言葉を途切《とぎ》らした。

「もうご存じの方もございましょう。下駄貫の命を奪った品川《しながわ》宿生まれの春太郎とその一味は、下駄貫の弟分たちの手でお縄になり、ただ今、この座におられる北町奉行所吟味方与力今泉修太郎様の下でお取調べが行なわれていることにございます」

ふいに宗五郎の語調が変わり、

「下駄貫、見たな、おめえを殺した若造どもはおめえが鍛え上げた連中が仇《かたき》を討ったぜ」

とあの世の下駄貫に叫びかけるように言うと、下駄貫の娘の夏世《かよ》が思わず泣き出した。

宗五郎はしばらく座が静まるのを待った。

「今日は下駄貫をご存知の方々にお集まりいただき、酒や料理を楽しみながら思い出話なんぞをして、故人の冥福《めいふく》を祈りたいと、かような席を設《もう》けました」

座の一同が頷いた。

「それとこの機会を借りてもう一つご報告とご理解を得たいことがございます」

と言った宗五郎が、廊下に向かって、

「政次、これへ」

と命じた。

すると羽織袴に着替えた政次が腰を屈《かが》めて、座敷に入ってきた。さらにおみつも従っていた。

「ご一統《いっとう》様には長年金座裏の宗五郎とおみつの間に子がいないこと、後継がいないことでご心配をかけて参りました。私どもも若い時分にはあちらこちらの神仏に願《がん》かけては子供を授けて下さいとお願いして参りました。が、これぱかりはどうしようもないことにございました」

宗五郎は一息ついた。

「先年、松坂屋のご隠居松六様と当代の主、由左衛門《よしざえもん》様にご無理を願い、政次のお父つぁん、おっ母さんの許しを得て、手代《てだい》の政次を金座裏に迎えました。その背景には宗五郎の後継をという考えがあってのことでございました。むろんわっしの手先にも優秀な者たちはおります。ですが、金流しの所帯を背負うのは大変なことにございます。十手を持って悪党ばかり追っているだけでは務まりませぬ。世の中の仕組みが分かり、思慮分別があり、肚《はら》が据《す》わっていることが肝心なことにございます。とは申せ、ここにおる政次がそのすべてを満たしているというわけではございません。これからの皆様のご指導、ご協力で十代目が育つかもしれねえ、あるいは途中で花が枯れるやもしれねえ。すべては本人次第にございましょう。ともあれ、本日をもって、政次を九代目の後継と考え、宗五郎、おみつと養子縁組を致すことに相成りました、そのことを合わせて皆様にご報告申し上げる次第にございます」

座がまた沸《わ》いた。

宗五郎が政次に頷いた。

「政次にございます。九代目宗五郎が申す通り、金座裏でも新参者の青二才にございます。金流しの大看板が背負えるかどうか死に物狂いで務めますゆえ、ご教示のほどお願い申し上げます」

覚悟を決めた態度が凛《りん》とした声音《こわね》に表われていた、そして、ゆっくりと政次はその場に平伏した。

養父養母の宗五郎、おみつも深々と頭を下げた。

しばらく静寂《せいじゃく》があった。

拍手が下座《しもざ》から起こった。

亮吉が一人で両手を叩いていた。

それはすぐに仲間の手先たちに広がり、上座から割れんばかりの拍手となって金座裏を揺るがした。

しほも必死で手を叩いた。

上座でも頭を下げている者がいた。

松坂屋の隠居の松六だ。

「宗五郎さん、よう決心なされたな」

幕府の御金改役後藤家の用人後藤喜十郎が晴れ晴れとした様子で言葉をかけた。それが口火になり、上座から祝いの言葉が次々に出て、台所に待機していた女たちが酒を運んできた。

しほも若い手先の波太郎《なみたろう》らと一緒に酒運びの列にすぐに加わった。

「いやあ、これで一安心しましたよ」

松六の言葉がその場の雰囲気を表わしていた。

酒が入り、下駄貫の思い出や政次が継ぐべき十代目についての話になった。

政次は宗五郎に伴われて、上座から酒の酌《しゃく》をして回った。

今泉修太郎が、

「政次、大変なのはこれからだ、宗五郎の一挙一動を見習うのだぞ」

と教え諭《さと》すように言うと、剣の師匠の神谷丈右衛門が、

「政次が金座裏の養子にならなければうちの後継に致したいと考えておったところです。まず政次が慢心さえしなければ、立派に宗五郎どのの跡目を継がれよう」

と言い出した。

「なにっ、政次は剣の腕前もなかなかのものですか」

後藤喜十郎が口をはさむ。

「そこにおる寺坂毅一郎はわが道場の免許皆伝《めんきょかいでん》、本来なれば師匠のそれがしと同じ腕前でなければなりませぬ。だが、今の政次と立ち会わば、まずは三本に二本はとられましょうな」

「師匠、満座の前でそれがしの怠《なま》けぶりをそうそう宣伝なさらずともよいではありませぬか」

と毅一郎が頭を掻《か》きながら、文句を言った。

「確かに寺坂は御用繁多《はんた》にございますゆえな、道場に通う時間は御座いますまい。同情は致します」

「真にわれらの仕事は昼夜がござらぬによって、神谷先生には申し訳なきことで」

と上役の牧野勝五郎が神谷の言葉に応じた。さらに丈右衛門がなにかを言わんとすると毅一郎が、

「師匠、その先をおっしゃいますな。政次は御用繁多の中でも朝稽古《あさげいこ》は欠かさぬのにそなたはなんじゃあとお叱《しか》りが続きましょう」

と先回りして周りから笑いが起こった。

政次は黙って上座の方々の心温かい励《はげ》ましの言葉を聞いて回り、松六の前に来た。

「ご隠居様」

改めて松六の前に平伏した。

「よう頑張られた。じゃが、金座裏の跡目を継ぐには今までの何十倍の努力がいる。日々の精進《しょうじん》を怠《おこた》らず、九代目に少しでも近づくようにしなされや」

「肝《きも》に銘じましてございます」

政次は次に飾り職人の父と母の前に正座した。

「政次、いい親分になれ」

普段《ふだん》無口な親父が一言だけ言った。

お袋は涙にくれて言葉もない。

「親父どの、お袋様、政次の我儘《わがまま》を許して下さい」

政次の言葉に宗五郎が、

「うちの養子になったからといって血の繋《つな》がりが消えるわけもない。今後も政次に励ましやら小言を遠慮のう言うて下され」

と言葉を添えた。

下駄貫の娘の夏世は真正面から政次を見て言った。

「親分さんの目に狂いはございません。今日の政次さんを見てはっきりと思いました」

「下駄貫の兄さんの教えは決して忘れません」

「お父つあんが政次さんに教えたことがあるとすれば、邪心が身を滅ぼすということでございましょう。政次さんは些細《ささい》なことを気になさらず、大親分になって下さい」

政次と宗五郎が黙って、夏世の潔《いさぎよ》い言葉に頭を下げた。

しほは緊張の面持ちで政次が自分の前に移ってきたのをしっかりと受けた。

「しほ、これからも政次を支えてくれ」

宗五郎の言葉にしほは政次を見た。

政次の目は初めて救いを求めるようにしほを見返した。

「承《うけたまわ》ってございます」

しほは宗五郎に視線を戻し、二人に頭を下げた。

「まぶしいぜ、政次」

二人を迎えた同僚たちの中から亮吉が茶化すように言った。

その声音《こわね》は泣き崩れそうになるのを必死で抑えているように高ぶっていた。

「八百亀、聞いての通りだ。この青二才が育つかどうかしっかり見守ってくれ。親父の代からおれを我慢して見守ってきたようにな」

「親分、言うには及ばねえ。八百亀がやれることは精一杯やるぜ」

「皆も頼む」

と宗五郎が頭を下げた。

政次が頭を下げる前に常丸たちが、

「親分に頭を下げられちゃあ、敵《かな》わねえよ」

と座から飛び下がって頭を畳に擦《す》りつけた。

「これで挨拶は終わりだ」

宗五郎が上座に戻り、政次はしばらく仲間の前に残った。

「政次よ、おめえをこれからどう呼べばいい」

亮吉が困った顔で言い出した。

「政次は政次だ、変わるわけもないよ」

「政次、それはおかしいぞ。親分がお披露目をなさった以上、金座裏の跡継ぎだ。やっぱり若親分かねえ、八百亀の兄さん」

彦四郎が屈託《くったく》のない顔で訊《き》いた。

「彦四郎の言うとおり若親分だろうな」

「それは困ります」

と政次が叫んだ。

「確かに養子縁組は致しましたが皆さんから見れば新参者にございます。もうしばらく政次のまま、修業させて下さいな」

「政次、それは往生際《おうじょうぎわ》が悪いというものだぜ。おめえはもう金座裏の二階部屋の人間じゃねえ。おめえがどう考えようとそれがおめえの歩む道だ。おめえが腹を決めてくれなければ、おれたちが迷うだけだ」

ぴしゃりと常丸が拒絶した。

政次は自分の甘さを指摘されたように返答に詰まった。しばし沈黙のままに考えていた政次の目が思わずしほに行った。

しほが頷き返した。その眼差《まなざ》しは、

（それがあなたの宿命《さだめ》よ）

と告げていた。

政次は常丸に視線を戻すと腹に力を溜めて、ゆっくりと頷いた。

「それでいい、若親分」

下駄貫との別れと政次の養子縁組披露の宴はいつまでも和《なご》やかに続いた。

松六はわずかな酒に酔って、

「今日くらい嬉《うれ》しい日はないよ、いや、悔しい日はないよ。なにしろ宗五郎さんが松坂屋を背負って立つ大番頭を金座裏に攫《さら》っていったんだからね」

と何度も言い募《つの》り、

「ご隠居、往生際が悪うございますよ」

と豊島屋の清蔵に言い返されたりした。

土産《みやげ》の折りを提げて上座のお歴々が、

「宗五郎、本日は深々と馳走《ちそう》になった」

「金座裏の吉日《きちじつ》ですよ」

と言いながら戻った後、常丸たちにしほと彦四郎は後片付けを手伝った。

そのとき、政次は親父とお袋を表まで見送りに行っていた。

亮吉が広い板の間に、
ぺたり
と座り、

「なんだか祭りが終わった後のようで無性に寂《さび》しいぜ」

と呟《つぶや》いていた。

彦四郎が手にしていた徳利《とっくり》を持って亮吉の傍《かたわ》らに座った。

「今日は酔いつぶれるまで飲んでいいぜ、亮吉」

彦四郎が徳利を差し出した。

亮吉の気持ちを察してのことだ。

亮吉はそのへんにあったお椀《わん》の蓋《ふた》を取ると、

「もらおうか」

と言った。だが、注がれた酒には口をつけず、

「むじな長屋で生まれ育った亮吉様に彦四郎と政次だが、だいぶ出来が違うな」

と自嘲《じちょう》するように呟いた。

「亮吉らしくないな」

政次が羽織を脱ぎながら台所に姿を見せた。するとすかさずしほが脱ぎかけの羽織を受け取った。

「むじな長屋で生まれ育った三人がそれぞれ違う道を歩くのは当たり前のことだ、いつまでも生まれ立ての子犬のようにじゃれ合って生きていけるわけではねえ。だがよ、亮吉、彦四郎、変わらねえのは、むじな長屋がおれたちの古巣ということだ、兄弟は死ぬまで兄弟だぜ」

珍しく伝法《でんぽう》な口調の政次に亮吉が聞いた。

「やっぱりおれたちの間では政次、彦四郎でいいのかい」

「あったりまえだ、独楽鼠《こまねずみ》」

「へっへっへっへえ」

と笑った亮吉が、

「政次、おれの酒を飲め」

と手にしていたお椀の酒を差し出した。それを受けた政次が、

ぐいっ

と一息に飲んで、

「うめえや」

と言うと常丸たちが座に加わって新たな酒盛りが始まった。

「おやおや、しほちゃん、うちの酔っ払いたちは際限がないよ。仕方ないねえ」

とおみつが嬉しそうに言いながらも、

「しほちゃん、燗冷《かんざ》ましじゃなくてさ、新しい酒を届けてやんな」

と命じたものだ。

二

二日後のことだ。

「伊香保湯治旅《いかほとうじたび》のつれづれ」

というしほの絵の展示が豊島屋で催《もよお》された。

ほんとうはもっと早く絵の展示をする筈《はず》だったが、下駄貫の死によって延び延びになっていたのだ。

絵に描かれた人物は鎌倉河岸で知られた者ばかり、それが旅の風景や暮らしの中に立ったり、座ったり、湯に浸《つ》かったり、名物を食べたりしているのだ。

また伊香保の石段の両脇に立つ旅籠《はたご》の様子や源泉から噴き出す白い湯煙が活写されて、旅をしたこともない鎌倉河岸の住人たちの興味を呼ぶことになった。

朝市を終わった連中が豊島屋の前に集まり、旅姿の七人の集合した絵を指して、

「おやまあ、豊島屋の内儀《おかみ》さんじゃねえかえ」

「おおっ、こっちは金座裏の親分のお上《かみ》さんだぜ」

「このご隠居は松坂屋の大旦那《おおだんな》だねえ」

「しほちゃんもいるぜ、自分で自分を描いたのだねえ」

と大騒ぎしては店の中に入り込むたびに、小僧の庄太《しょうた》に、

「へえっ、ご新規様お一人」

と叫ばれて、

「おやまあ、絵に釣られて入ったら、酒を売りつけられるぜ」

とぼやいていた。

「ご心配なく。茶碗酒は一杯までただにございますよ。自由に飲んで絵を見ていってくださいな」

清蔵が言い、当のしほが入ってきた者に茶碗酒を振る舞った。

絵が見られる上に酒が飲めるとあって、次から次へと客が豊島屋に入ってきては、しほの絵を堪能《たんのう》した。

最初の混雑が一段落した頃合、

「旦那、しほちゃん、金座裏のご一行様のご到着だ」

亮吉の声が響き、宗五郎におみつ夫婦、養子になったばかりの政次、八百亀らが顔を見せ、最後にのっそりと彦四郎が姿を現わした。

「おい、おれたちもいるぜ」

亮吉が指す絵には、

「戸田《とだ》の渡しのお見送り」

と題され、見送りに行った宗五郎らと、松六たち湯治組が河原を背景に描き出されていた。

「どうですね、しほはまた一段と腕を上げたと思いませんか、親分」

清蔵は自分が描いたように胸を張った。

「確かに表情の一瞬を捉《とら》える勘といい、絵の業前が自在になったねえ。この亮吉のおどけぶりはどうだ、まるで生き写しだねえ」

「しほちゃん、おれも政次みてえに黙りこくったところを描いてくんな。そうすりゃ、おれだってなかなかの二枚目さ」

亮吉が言ったが、

「まあ、おまえは自然なところが取り柄だね」

と清蔵に言われて、

「ちぇっ」

と舌打ちした。

絵を見ていくうちに宗五郎らは沈黙して、絵に引き込まれ、

「ほう」

とか、

「こんな仕草するぜ、おみつはよ」

とか独り言を思わず呟いて、見入った。

「おい、これが伊香保の湯かえ、もうもうと湯煙が上がり、松六様が気持ちよさそうに浸《つ》かってござるぜ。まるで猿《ましら》の親方だねえ」

と独楽鼠が言ったそのとき、

「亮吉」

という声が響いた。当の松六が、内儀《ないぎ》のおえいに由左衛門とおけいの倅《せがれ》夫婦を引き連れて立っていたのだ。

「おや、ご隠居、早いお越しで」

「なにが早いお越しですか。私がしほの目にどう映ったか、楽しみでねえ、昨夜《ゆうべ》はなかなか眠れませんでしたよ」

と言いながら、湯に浸かる自分を見て、

「おやまあ、確かに気持ちのよい顔は野猿の親方ですね」

と認めた。

「おっ母さんがまあうれしそうなこと」

「そっくりですねえ、この笑い顔は」

由左衛門とおけいがあちらの絵やこちらの絵を指して笑い合った。

「ほう、伊香保の旅籠ではぜんまいがこんな風に食膳に上がりますか」

彩色された御膳のおかずを見て、

「うまそうだね」

とか、

「だけど、毎日は飽きるぜ」

などと言い合った。

おえいが興味を示したのは伊香保神社で竿《さお》乗りの稽古をする芸人、宇平《うへい》と唐吉《とうきち》とさよの三人だった。

「しほが話してくれたのはこの芸人さんでしたか」

「はい、竿乗りの宇平さんが一座の頭《かしら》で若い二人に技を毎日のように教え込んでおられました」

雪がちらつく境内《けいだい》で竿がしなり、それを支える唐吉の力感的な様子、竿の上で芸を披露するさよのけなげな表情、そして二人の芸を厳しい目で見つめる宇平の顔が描き分けられて、三人三様の必死さが描写されていた。

その絵を見る宗五郎と八百亀の目が光った。

しほに竿乗り宇平と聞いた瞬間だ。それはかつて江戸を騒がせた盗賊団の首領の名だった。一味は三件立てつづけに押し込みを働いたあと、ふっつりとその姿を消してしまっていたのだ。だが、体を悪くしたという宇平の厳しい目つきの中にも柔和《にゅうわ》な顔を見て、

(竿乗り宇平め、盗人《ぬすっと》を辞《や》めたか、どうやら畳の上で死ねるようだな)

と老盗のことを懐かしくも思い出した。だが、宗五郎も八百亀もそのことをこの場で口にはしなかった。

竿乗り宇平が一味を率いて暗躍したのはもう十六年も前のことだからだ。それに宇平は十手持《じっても》ちを唸《うな》らせる盗人の達人だったのだ。

「ふーう」

と松六が嘆声の息をついた。

「わたしゃねえ、しほの絵を甘く見てました。これは大変なものだ」

「おまえ様、有難いことに湯治を二度までさせてもらったようですよ。しほちゃんにお祝いを上げて下さいな」

とおえいが松六に言った。

「それそれ、忘れておった」

と懐《ふところ》から奉書に包まれたものを出した。

「しほ、受け取っておくれ」

「ご隠居様、素人《しろうと》の手慰《てなぐさ》みにございます、このようなことは」

「年寄りに恥をかかせるものではないよ。もう一度、伊香保に旅をさせてもらった。いや、おえい、この絵を見れば何度でも伊香保に行った気分になります。安いものですよ」

そう言って松六はしほの手に奉書包みを握らせた。

救いを求めて、しほは清蔵を見た。

「大旦那の気持ちだ、有難く受け取りなさい」

清蔵の言葉にしほは両手で押しいただいた。

「ありがとうございます」

行ったり来たりして、おえいが最後まで絵を楽しみ、

「由左衛門、おけい、絵の見物はいったん休みにして、豊島屋さんの田楽《でんがく》を食べてご覧、まあ、その美味《おい》しいことったらないよ」

と倅夫婦に教えた。

そんな所に大鉢に盛られた田楽がとせや庄太らの手で運ばれてきた。

「なんと美味しそうな匂いだこと」

おけいが嬉しそうな声を上げた。

「たくさん食べて下さいな」

とせが取り皿を配り、豊島屋に味噌の香りが漂ったそのとき、

「やはりこちらか」

豊島屋の店内に町方同心の影がさして、寺坂毅一郎が立った。

「おや、寺坂様もしほの絵の見物ですか」

と清蔵が言いかけるのに、

「御用でしてな、しほの絵はこの次にさせてもらおう」

と毅一郎が厳しく答えた。

「宗五郎、回向院《えこういん》前の荷車渡世、大八屋次三郎《だいはちやじさぶろう》方に盗人が押し込んだらしい。それも家人が朝まで気付かず、そっくり蔵の金子《きんす》が盗まれたという話だ」

政次らは、
すうっ

と席を立ち、宗五郎が、

「皆様、話の次第です。この話の続きはまたにします。どうか皆様は、しほの絵と豊島屋さんの田楽を存分に楽しんでいって下さいな」

と言った。

最後に彦四郎が、

「親分、川向こうならば舟を出そう」

とのっそり一行に従い、急に豊島屋が寂しくなった。

大八車は代八車とも書かれた。

八人分に代わる働きをするのでこう名付けられたという。

一方、大八とは近江大津《おうみおおつ》の八町で古くから雑用に供する車が使われていたのだが、それと似たものが寛文《かんぶん》年間（一六六一～七三）に江戸で造られたからともいう。明暦《めいれき》の大火後に非常の際の家財持ち出し用に広まったと伝えられる。

ともあれ、運搬用に車輪付きの道具が少なかった江戸で重宝されてきた。

回向院前の大八屋次三郎は、三代前から両国東詰めに軒《のき》を並べるお店《たな》の荷を人足付きで貸し出して財を成した商人だった。

寺坂毅一郎と金座裏の宗五郎、そしてその一統が御用船と彦四郎の猪牙《ちょき》舟に分乗して大八屋に駆けつけてみると、次三郎は金子が盗まれた土蔵蔵の、観音開きの扉の前に立って、訝《いぶか》しい顔をしていた。

北町奉行所定廻同心寺坂毅一郎と金座裏の宗五郎の姿を見た次三郎が、

「ご苦労にございます」

と頭を下げ、

「なんとも不思議なことにございます」

と言ったものだ。

「蔵の錠前はしっかりと掛かったままで、中の千両箱が空《から》になってやがるんで」

次三郎は手にしていた鍵《かぎ》で、頑丈そうな大型錠前を開けた。

「大八屋さん、鍵は普段だれが持っておられるんだ」

蔵の間口は三間半、奥行き五間と目測した宗五郎が聞いた。

「わっしがねえ、寝るときも寝巻きの紐《ひも》に括《くく》りつけて持ってますよ。むろん朝も帯にぶら下がってました」

と鍵束をじゃらじゃらさせた。

千両箱が積まれていたのは蔵の中、さらに地下蔵で階段を下りた先にも扉があって次三郎が錠で開いた。

「大八屋、この錠も下りていたのだな」

「へえっ、かっちりと、掛かってましたよ」

波太郎が行灯《あんどん》を掲げて地下蔵を照らした。そこは二間四方ほどの部屋で周りの壁は厚い大谷石《おおやいし》がきれいに積まれていた。

千両箱が五つ、その他に大きな銭箱があった。

「北町の旦那、金座裏の、五つの千両箱のうち、手をつけられたのは二つだ。残り三つと銭箱はまったく手付かずだ」

大金が失せたというのに、次三郎がどこか余裕の表情を見せていた理由だった。

「金子一切合切《いっさいがっさい》盗んでいったのではないのか」

「へえ、五つのうち二つだけがきれいに空っぽなんで」

次三郎が重ねられた千両箱のうち、空になっていたという二つの蓋を開いた。

「大八屋、これほどの手並み、事情を知った者が盗んだとは考えられないか」

「店の者がやったと申されるので」

寺坂の問いに次三郎が反問した。

「そうは決めつけぬが長年にわたって、日中堂々と蔵から少しずつ持ち出したとも考えられる」

「それが昨夜《ゆうべ》、わっしが蔵に入っておりますんで。銭箱の中の書付を取りに来ました折に千両箱の中身も確かめました、それが五つ（午後八時）に近い刻限にございましょう。そして、つい最前《さいぜん》書付を返しに参りまして、二つが空のことに気がつきました」

「つまりは昨夜の五つから朝方までの間に盗まれたというわけだ」

宗五郎が言いながら、石壁を手で叩いて回ったが、どこもびくりともしなかった。

「うちは車力屋《しゃりきや》だ、力自慢の連中が店の二階にごろごろと寝ておりましたがだれも気付いていないんで。まるで透かしっ屁《ぺ》みてえに、千両箱の中身だけが消えやがった」

宗五郎らは蔵の一階に戻った。

蔵の高い天井近くに空気抜きの土蔵扉があるくらいで、四方の壁はしっかりとした土蔵造りだ。出入りは頑丈な表戸口しかないように見受けられた。

宗五郎が命じた。

「政次、外を調べねえ」

「畏《かしこ》まりました」

政次の返事に常丸と亮吉が従った。

蔵は金蔵のほかに二棟あったが、家財蔵と味噌漬物蔵だという。

金蔵は母屋と石畳が敷き詰められた渡り廊下でつながり、蔵の四方は玉砂利《たまじゃり》が敷いてあった。

政次が蔵の横手から裏に回ると、忍び返しが付いた二間もの高さの板塀が聳《そび》えていた。塀と蔵との間には一間ほどの庭があった。

蔵の屋根までの高さは四間半ほどあろうか。

政次は玉砂利が敷かれた地べたにしゃがみ、丹念に調べて回った。

「政次、いや、若親分、なんぞ不審かい」

亮吉が聞いた。

「表扉が閉じられていて、中にだれぞが忍び込んだとなればもはや残るは、土蔵窓だけだ」

「だけど高さが四間近くあるぜ、どうやって忍び込む」

「兄さん、亮吉、この丸い跡はなんですね」

政次が玉砂利の凹《へこ》み、地面に付けられた径二寸ほどの穴の跡を指した。

常丸が土蔵窓を見て、塀との間を確かめた。

「若親分、常兄い、手妻《てづま》じゃねえや。二間もの高さの塀を乗り越え、さらに四間の高さの小さな土蔵窓にどうやって取り付くというのだ」

「亮吉、その答えが、この跡かもしれないよ」

政次は塀の外に回ろうと言った。

一旦店の表に出た政次たちは空の大八車が並ぶ表通りから横手に回った。

大八屋の所在地は本所松坂町にあたり、北側には旗本三千石土屋《つちや》佐渡守《さどのかみ》の屋敷が、前には回向院の裏手が見えた。

店の裏手は鉤《かぎ》の手《て》の路地が通じていた。

高塀を挟んで金蔵の裏手、塀際にも地面に二寸ほどの径の穴が見つかった。

「若親分、謎は解けたか」

亮吉が聞く。

「亮吉、土蔵窓を調べてくれないか」

政次の命に、合点《がってん》だと答えた亮吉は、

「梯子《はしご》がいるな」

と呟いた。

大八屋は荷の運び屋商売だ。長梯子もあった。

それを借りて、金蔵の壁に立てかけ、独楽鼠の亮吉がするすると梯子を上《のぼ》っていった。

その騒ぎに蔵の中にいた寺坂や宗五郎も蔵の外に出てきた。

梯子の上から小柄な身を伸ばすと土蔵窓がちょうど亮吉の顔の前あたりにきた。外側から観音《かんのん》開きの扉を押し開こうとした亮吉が、

「親分、閉まっているぜ」

と叫び、すぐに、

「待てよ、この糸はなんだ」

と不審の声を上げた。

釣り糸に蠟《ろう》を塗ったものがわずかに観音開きの窓の上部から覗いていた。

亮吉はその糸の端を摑《つか》むと引っぱった。すると観音開きの落とし鍵が、
かちん
と音を立てて、観音開きの窓が開いた。

「親分、政次、いや、若親分よ、からくりがあるぜ。この土蔵窓から忍び込んだようだな」

と亮吉が勝ち誇ったように叫んだ。

改めて金蔵の内部から土蔵窓が調べられた。すると観音開きの窓は間口一尺三寸、高さ一尺ほどで鉄格子が四本嵌《は》められていたが、中側の二本が緩《ゆる》められていた。残った一本には縄の跡もあった。

「器用な盗人がいたもんだぜ」

二千両を盗まれた次三郎が感心したように呻《うめ》いた。

土蔵窓のわずか一尺四方の空間から金蔵の内側に伝い下りて、地下への扉の錠を開き、二千両を運び出して、さらに錠を閉めていった。土蔵窓から再び外に出た盗人は、さすがに緩めた鉄格子はただ元の場所にそっと立てかけただけだった。

(それにしても二間の塀と四間の蔵の土蔵窓までどうやって忍び込んだのか)

帰り道、寺坂毅一郎の御用船に宗五郎、政次、八百亀が同乗して大川《おおかわ》を渡ることになった。

「宗五郎、賊《ぞく》になんぞ当てがありそうな顔だな」

さすがに長年の旦那と御用聞きだ、毅一郎は宗五郎の顔色を読んでいた。

「寺坂様の親父様の代にございますよ。江戸で三軒の金蔵破りが立て続けに起こり、その後、ぴたりと鳴りを潜《ひそ》めました」

「ほう」

「竿乗り宇平一味にございますよ」

政次がびっくりした顔で宗五郎を見た。

「六間ほどの竿一本で高いところに張り付き、錠前を器用に開いて金蔵に忍び込み、有り金の半分ほどを盗んで姿を消す。盗まれた三軒のお店のうち、一軒は盗まれて数日後に気付く有様で、それは鮮《あざ》やかな手口にございました。むろん血などは一滴も流しません」

「盗賊を褒《ほ》めているようだな」

「いえ、手口を褒めているので。十六年前、寺坂様の親父様に尻《しり》を叩かれて、八百亀と必死で竿乗り宇平の後を追ったものです。だが、三件の仕事の後、江戸からその痕跡が消えた」

「竿乗り宇平を見た者はおらぬのか」

「ございます。三軒目の京橋《きょうばし》の藍染《あいぞめ》問屋に入った折、出てきたところを番太《ばんた》に一瞬だけ見られております。その頃、三十六、七の働き盛り、盗人被りの上から見てもきりりとした渋い男だったそうにございます。わっしらは奉行所の絵師が描いた人相描きを手に、探索に走り回ったものですよ」

宗五郎も八百亀も人相描きで宇平の顔を承知していたのだ。それがしほの絵で蘇《よみがえ》ったのだ。

「今なれば五十二、三か。宗五郎、八百亀、竿乗り宇平が舞い戻ってきたと思うかどうか」

「へえっ、それにございますよ。寺坂様、まずこの御用船を鎌倉河岸に付けさせて下せえ」

　毅一郎は宗五郎の顔を見たが、ただ黙って頷いた。

三

「うーむ」

　と寺坂毅一郎が呻《うめ》いた。

　しほが伊香保神社の境内で描いた竿乗り芸人三人の様子と表情を見ながらだ。

「金座裏、これが竿乗り宇平のただ今の姿か」

「しほにも宇平と名乗っておりますしねえ、ただ当人は半身が不自由なようです。この若い二人を手先に使ったかどうか」

　しほも清蔵も絵の中の人物がかつて江戸を騒がした大盗人、

「竿乗り宇平」

　と聞いて呆然《ぼうぜん》としていた。

「親分さん、宇平さんや唐吉さんやさよちゃんがそんな大それた真似《まね》をするとも思えませんし」

　しほが言い出した。

「唐吉とさよだけでできる仕事かどうか、おれにも迷いはある。だがな、あまりにもその昔の宇平一味の仕事《つとめ》に手口が似ているんだ」

宗五郎は細い体のさよなれば長竿のしなりに身を託して、土蔵の窓に忍び寄れるのではあるまいかと考えていた。

「しほ、おまえにはさよたちへの情もあろう。だが、これが宇平一味の仕事となれば許せるものではねえ。すまねえが、三人の似顔絵を作ってくれまいか」

宗五郎の言葉にしほが頷き、絵の道具をとりに行った。

その日から金座裏の手先たちは竿乗り宇平と一統の行方《ゆくえ》を探して江戸じゅうを飛び回った。だが、どこの旅籠にも三人が泊まっている様子もなく、探索は困難を極めていた。

そんな昼下がりのこと、豊島屋の店に珍しく政次が一人で訪れ、

「若親分、いらっしゃい」

と小僧の庄太に迎えられた。

「あいにくしほちゃんは使いに出ています」

「しほちゃんに会いに来たんじゃないんだ」

「旦那なら奥です、呼んでまいります」

店から通し土間を抜けて奥へ走り込もうとする庄太に、

「旦那でもない。絵をね、見せてもらいに来たのさ」

政次は、しほが描いた伊香保の境内の宇平たち三人の稽古《けいこ》風景の前に立ち、

じいっ

と見詰めた。

手先になったとき、宗五郎や八百亀から、

「探索に行き詰まったら、現場に戻れ」

と何度も教え諭《さと》された。

むろん政次は何度も回向院裏の大八屋の店の内外に行き、なにかきっかけを得ようとした。だが、竿乗り宇平の、

「知られず気付かれず」

の静かな二千両盗難現場からはなんの暗示も得られなかった。

そこで宇平たちが忍び込みの稽古をしていたという伊香保神社の境内の絵を眺めに戻ってきたのだ。

しほの絵は、三人の稽古模様が二枚、それぞれの一人ずつの表情を描いたものが一枚ずつの計五枚だ。

三人図では唐吉の肩に立てられた長竿の上で紐に片手をかけて、弧を描いてしなる竹竿にぶら下がるさよのしなやかな体と涼やかな表情が描かれ、二人のかたわらから宇平が何事か注意をしていた。

絵から宇平の言葉までは察することができなかった。

だが、しほの描いた絵から見て、体の均衡《きんこう》を指摘しているように思えた。

もう一枚の三人図は、さよがもう一本の細竿を担いで、唐吉が立てる大竿の上へと上がっていく様子が描かれていた。さよが担ぐ細竿は大竿の上で芸をするためのもので、均衡

を崩さぬように細竿の中心を肩に乗せていた。

その瞬間の宇平の右手は自分の肩あたりを指していた。

政次は大八屋の忍び込みの模様を頭で想像した。

まず大八屋の裏手の路地に唐吉が両足を踏ん張って立ち、筋肉の盛り上がった肩に大竿を立てる。

さよが細竿の平衡を取りながら、唐吉の体を這《は》い上がって大竿にとりつき、細竿を自らの肩に乗せて、大竿を上がり詰める。

大竿の先端には輪になった紐が結ばれている。

さよが左手首を輪になった紐に通して、ゆっくりと大竿の中心から体の位置をずらして、虚空にぶら下がる。

この瞬間、大竿を支える唐吉は少しずつ大きくしなる大竿を保持するために自らの姿勢と重心を変えながら、輪になった紐だけを頼りに虚空にぶらさがるさよの体を支えねばならない。

この大技は竿にぶら下がるさよよりも竿を支える唐吉のほうが難しいことかもしれない。

ともあれ、細竿を肩において満月にしなる大竿から身をぶら下げたさよは楽々と大八屋の高塀を越えて、金蔵の高さ四間の土蔵窓まで届くだろう。

さて、土蔵窓に右手をかけたさよはどうするか。

土蔵窓を開けるためには細竿が邪魔になる。そこで竿をゆっくり肩から下ろして、土蔵壁に沿って真下の地面に下ろして立てかける。

いくらか自由になったさよは大竿に片手でぶら下がりながら、細い鉄片を観音開きの隙《すき》間《ま》にもう一方の手で差し込み、内部から下された鉤《かぎ》をゆっくりと上げて、観音開きの扉を開く。

さよは鉄格子の外側の一本に縄を通してわが身を支え直し、大竿から体を窓に移す。

これで大竿は唐吉の支配の下に戻り、垂直を取り戻す。

さよは内側の鉄格子二本を塗り込めた下の土を切り崩して外し、細い自分の頭から侵入するようにする。

次に残った二本の鉄格子に縄がかけられ、蔵の内側へと垂らされるであろう。

さよはこれで蔵の中へと入り込んだことになる。

縄を伝い一階の床へ下り、地下蔵の錠を空けて、金蔵に侵入する。

さよは千両箱二つの小判を何百両ずつかに分けて、袋に入れ、それを土蔵窓の下まで運び、鉄格子から垂れた縄の端に括りつける。

さよは縄を伝って土蔵窓まで上がり戻り、縄につけられた金袋を窓まで手繰《たぐ》り上げる。

さてこの金子をどう高塀の向こうへと運ぶか。

土蔵から塀までは一間の庭があった。

一番簡単な方法はなにか合図を決めておいて、さよが塀の外に向かって投げ、大竿を肩から下ろしていた唐吉が飛んできた金袋を受け取る方法だろう。

さよは金袋を投げ終えたら、再び金蔵へととって返す。

この作業を繰り返して二千両を盗み出し、最後に地下の金蔵の錠をかけ戻して土蔵窓へと戻り、土蔵窓の鉤を外から下ろせるように釣り糸を使って細工して、土蔵の外壁に身を乗り出す。

このとき、さよは最初に用意した細竿に身を託すのではないか。

土蔵の外壁に立てかけられた竿に身を移して、土蔵窓の観音開きを外側から閉じて、釣り糸を巧みに操りながら鉤を下げて、土蔵窓を閉じる。

さよは細工糸を回収しようとしたが、誤って端の一部を残した。

細竿に身を託すさよは、土蔵の壁を足で蹴《け》って、高塀を越える。

そのとき、唐吉が再び大竿を差し出して細竿を利して飛んでくるさよを乗り移らせる。

だが、このとき、さよは細竿を持って高塀の上を越え、路地へと回収しなければならないことになる。

頭で考えることはできるが、実際にやれるかどうか。

政次は再び伊香保神社の三人の体の動きや表情を見詰めた。

真剣勝負のような張り詰めた稽古風景と大八屋の現場を重ね合わせた。

おそらく竿乗り宇平一味なれば、やりこなせる芸だろう。いや、体を悪くした宇平に鍛えられた唐吉とさよでなければできない大技だろう。

政次がそう考えたとき、

沈んでいた。

使いに行ったというしほが胸に包みを抱えて立っていた。

その体の後ろには豊島屋の戸口があり、昼下がりの陽光が射し込んで、しほの顔が暗く沈んでいた。

そのせいか、しほの表情は切《せつ》なげにも悲しげにも見えた。

「さよちゃんたちの行方が知れないのね」

「そうなんだ」

「それで私の絵を見に来たの」

政次が頷く。

「今度くらい絵を描いていてつらいことはなかったわ。ううん、御用に役立つのが嫌《いや》というわけではないのよ」

「しほちゃんの気持ちは、親分も私も分かっている」

今度はしほが頷いた。そして、悲しみを振り払うように明るく訊《き》いた。

「若親分、なにか分かったの」

「大八屋の蔵を破れるのはこの三人しかいないことが確かめられた」

しほの顔がまた険《けわ》しくなった。

「三人がやれるなら、他の芸人さんだってできるはずよ」

「しほちゃん、芸は一子相伝《いっしそうでん》、かぎられた弟子にしか伝えないものだ。宇平がそう無闇《むやみ》やたらに教えたとも思えない」

しばらく返事をしなかったしほが、

「もしさよちゃんが大八屋に忍び込んだとしたら、なにかよほどの理由がなければならないわ」

この言葉には政次が大きく頷く。

「行くよ、しほちゃん」

「今度ばかりは若親分の勘が当たっていないことを祈るわ」

行きかけた政次が足を止め、

「しほちゃん、私と二人のときは若親分はやめてくれないか。今までどおりに政次と呼んでほしい」

「どうして」

「しほちゃんが他人になったような気がするんだ」

そう答えた政次が足早に豊島屋から出ていった。

しほは胸を、

きゅーん

と鳴らしてその背を見送った。

蔵前《くらまえ》の札差《ふださし》伊勢屋《いせや》貴兵衛《きへえ》方の蔵に何者かが忍び入り、金蔵に保管されていた五千六百余両を運び出す事件が発覚した。小銭には手をつけないで小判の入った千両箱を蔵の扉から持ち出している。

裏木戸から黒い影が何人か飛び出してきたのを夜回りの番太《ばんた》が見つけ、叫び声を上げたところを容赦《ようしゃ》なく刺し殺していた。だが、蔵前の札差組合が雇った番太は一人ではなかった。少し遅れて従っていた番太仲間が夜盗に気付き、

「ど、泥棒！」

と叫ぶと、盗賊一味は浅草《あさくさ》御門に向かって走り、蔵前通りに架かる天王橋《てんのうばし》下に用意していた早船に飛び乗って大川へと姿を消していた。

知らせを受けた金座裏では盗賊が立ち去った半刻《はんとき》（一時間）後に伊勢屋に駆けつけた。

貴兵衛も番頭らも茫然自失《ぼうぜんじしつ》としていた。

伊勢屋は札差百株のうちでも大所帯を張っていた。とはいえ財産の大半の五千六百余両を盗まれては主も奉公人も言葉も出ないのは当然だ。

「金座裏の」

貴兵衛が宗五郎を見て、泣き崩れそうな顔を見せた。だが、なんとか踏み止《とど》まった。

「そっくりやられた、今日からの商いに差し支《つか》える。五千両がなければ伊勢屋は潰《つぶ》れるかもしれない。宗五郎さん、取り戻してくれたら、五百両、いや、千両をおまえさんに上げよう」

「伊勢屋の旦那、お気持ちは分かります。ここは気をしっかり持って話を聞かせてくれますまいか」

「話もなにも、泥棒の声に飛び起きたら蔵の扉が大きく開かれて、五千六百両が消えていた、それだけのことだ」

頷いた宗五郎は常丸に貴兵衛の相手を任せ、蔵の内外を調べることにした。

分限者《ぶげんしゃ》の伊勢屋も高い塀に囲まれた大家だ。敷地の西側に寄った金蔵と塀の間はおよそ一間半余、塀の外は小さな空き地になって、その向こうには溝が曲がりくねって流れていた。

金蔵の裏手に竿の痕跡が、空き地にはその場で踏ん張った足跡や竿の跡が残されていた。だが、土蔵蔵の扉は開けっ放しで、蔵の中もまた大勢の人間が荒々しくも押し込んだ痕跡が残されていた。

「政次、どう思う」

宗五郎が若親分に聞いた。

「塀の越え方や土蔵窓から忍び込んだところまでは宇平一味の仕業と似通ってます。ですが、忍び込んだ者が蔵の表戸を内部から開き、裏木戸を開けて仲間を引き入れて、強引に千両箱を運び出した手口といい、夜回りを迷いなく殺したやり口といい、大八屋のときとはまるで違います。この仕事には宇平の情が一切感じられません」

宗五郎が頷き、

「夜回りに会おう」

と言った。

どこか魯鈍《ろどん》な感じの夜回りは四十前後の男で、口の端からよだれを流しながら、震えていた。

「名前はなんだ」

宗五郎の問いに何度か顔を縦に振った後、

「よ、與平《よへい》」

と答えた。

「與平さん、おまえが見た盗人は何人だったえ」

與平は両手を突き出して広げた。

「十人か、十人はいたんだな」

ううっ、という声を出して頷いた。

「一味に竹竿を持った娘はいなかったか」

與平は首を横に振った。

それ以上のことを聞いても與平は、

「覚えてねえ」

「知らない」

と繰り返すばかりで確たる記憶はないようだった。

「親分、今一度明るくなったところで蔵の中を調べとうございます」

政次の願いを宗五郎は許した。

その政次に常丸と亮吉が従ってきた。

「若親分、どう考えればいい」

亮吉が聞く。

政次が顔を横に振って答えた。

「推測しか浮かばない」

「推測を聞きましょうか」

と常丸が言った。

「大八屋で仕事を働いた中心は唐吉、さよと思える。その証拠に宇平の手口をそっくりと踏んまえているからね。だが、今度の一件は、塀を乗り越える方法と土蔵窓を開けたところまでが唐吉とさよの仕事で、あとの五千両強奪は私どもの知らない盗賊のような気がする」

「一味の頭《かしら》は宇平ではないのか」

亮吉が聞く。

「大八屋の仕事は宇平が頭だろう、二千両に手をつけて半分以上の金子を残していくやり口にそれが現われている。だが、その手口を生温《なまぬる》いと思った者がいたようだ、こやつらは夜回りを殺しても平然としている連中だ」

常丸が頷く。

「ということは宇平、唐吉、さよの三人と黒装束は仲間であって仲間ではないのか」

「亮吉、そこが分からない」

政次が正直に答えて、開けっ放しの土蔵窓を見上げた。まだ高い場所にある土蔵窓は手もつけられてなかった。

「亮吉、梯子を借りてこよう、土蔵蔵を調べる」

「あいよ、その役は手先の仕事だ」

亮吉が蔵から飛び出していき、すぐに長梯子を小さな体の肩に担いで運んできた。

常丸と政次が受け取り、土蔵窓に立てかけた。

政次が身軽に梯子を上っていった。

窓は大八屋と同じ手口で開けられていた。だが、こちらは観音開きの扉が閉められていなかった。

紅絹《もみ》の手絡《てがら》が鉄格子の一本に括《くく》りつけられていた。

手絡は女の髷《まげ》の根元に巻かれる飾り布だ。男がすることはない。となるとさよがわざと残していったとしか思えなかった。

政次は顔を突き出して蔵の外を見た後、梯子を降りた。

「常丸兄い、亮吉、見てくれ」

紅絹の手絡を見せた。

「さよのものか」

亮吉の問いには答えず、政次が手絡を広げた。すると下手《へた》な墨の字で、
宇平おやかたがころされます、たすけて
ざいもくば、おやしき、かやのはら、しおかぜ
と書かれてあった。

政次らは宗五郎に手絡を見せた。

宗五郎はしばし紅絹の字を見ていたが、

「どうやら宇平らは嫌々《いやいや》働かされているようだな」

と呟いた。

「さてさよが残してくれた手がかりだが、どう解く、政次」

「材木場とは深川《ふかがわ》の木場《きば》のことにございましょう。あそこなれば大名屋敷もあれば、萱《かや》の原もございます。それに南は江戸の海です。潮風が匂ってきます」

「よし、深川の木場を中心に野郎どもの塒《ねぐら》を暴き出せ」

と宗五郎が政次に命じた。

宇平が、頭か頭でないか不分明だが、番太一人が殺されたのだ。

江戸じゅうの町方が、

「竿乗り宇平」

一味を捕らえるのに必死になって探索を始めていた。

だが、金座裏はさよが残した伝言を持って深川にその狙《ねら》いを絞り込んでいた。

四

寺坂毅一郎が金座裏を訪れたとき、陽《ひ》が落ちて仲冬《ちゅうとう》の濃い闇が江戸の町を覆おうとしていた。

「寺坂様」

と疲れ切った顔の八百亀が北町奉行所定廻同心を迎えた。

「八百亀、あたりはねえか」

「深川木場界隈を虱潰《しらみつぶ》しにあたっているんですがねえ、なにしろ広いや。いましばらく時を下せえ」

八百亀が答え、

「親分も帰ってきたところです、ささっ、火の側に上がって下さいな」

と勧《すす》めた。

火が恋しい季節を江戸は迎えようとしていた。

「おや、寺坂様、町回りの帰りにしては遅うございますね」

定廻同心は決められた江戸町内を番屋や町会所を早足で回り、

「御用はないか」

と声をかけて訴えを聞いた。

奉行所送りにしなくてもよいような軽い訴えは町名主たちと一緒にその場で決裁をするることもあった。

俗に定廻同心の務めは、

「冬は背中に皹《ひび》を切らし、夏は顔を真っ黒にして歩き回る」

ことだという。

冬は北風を、夏はかんかん照りの陽射しを浴びて、広い江戸を数人の同僚と分担して歩いて回るのだから、正直な同心になればなるほど忙しい。

毅一郎も正直の上に馬鹿がつくほど清廉《せいれん》で律儀《りちぎ》な町方同心だった。

宗五郎の先ほどの問いに毅一郎が答えた。

「いったん奉行所に戻ったさ。そしたら、例繰方《れいくりかた》の老人が得意顔で待っておったねえ」

「市村太郎平《いちむらたろべい》様がですか」

宗五郎の顔に期待感が走った。

市村太郎平は老練な例繰方同心だった。

例繰方は罪人の犯罪の模様、履歴、罪科に合わせて、先例の御仕置裁許帳を作成して奉行に提出する役目だ。それだけに過去の犯罪について、だれよりも詳《くわ》しかった。

「おれも知らない宇平一味の昔の事件を調べ直してくれと頼んであったのだ。老人が面白いことを見つけだしてきた」

　宗五郎の近くに政次や八百亀ら、手先たちが集まってきた。

「宇平一味が務めを働いたのは、天明《てんめい》三年（一七八三）の夏のことだ。市村老人は三件の事件を調べ直し、おれの親父様らに指揮されて走り回った手先、下《した》っ引《ぴ》きの聞き込みまで丹念に読み込んだ。それによると宇平一味は浅草奥山の竿乗り一座に偽装して江戸に乗り込んでいたがな、三件の盗みを働いた後、忽然《こつぜん》と姿を消した。これは浅草奥山で小屋がけをしていた手妻使いが目撃した話だ。宇平にひどく怒られて一座からたたき出された大蛇《おろち》の豆蔵《まめぞう》という竿遣いがいたそうだ。豆蔵という本名とはまるで反対の大男で、六尺を優に超える大力の持ち主だったようだ。こいつが残忍な性情でな、手妻遣いから聞き込んできた下っ引きは、三軒目に忍び込んだ新河岸の酒問屋で番頭を一人傷つけた結果、宇平から放逐《ほうちく》されたのではないか、手妻遣いが見たのはそのことと関わりがあるのではないかと推量していたそうだ、むろんこれらは一味が江戸から消えた後に分かったことだ。血を見ることが好きな豆蔵は当時二十歳を超えたばかり、十六年後のただ今は三十七、八の働き盛りだ」

「大蛇の豆蔵がすでに盗人の世界から足を洗っていた宇平と接触し、一味を組み直したと申されるので」

「竿乗りや錠前外しの技は、宇平しか知らないそうではないか。江戸で一働きしようと考えた豆蔵が田舎《いなか》に引き籠《こ》もっていた宇平を強引に一味に誘いこんだのではないかと思ってな、知らせに来た」

宗五郎はしばし考えた後、口を開いた。

「寺坂様、ありえますな。いったん盗人《ぬすっと》の味をしめた奴《やつ》はなかなか抜け出せないものでございますよ。豆蔵は宇平のもとを追い出された後、独り仕事をして年季を積み、荒っぽい手口を覚えた。だが、江戸で警備が厳重な大仕事をやるとなると大店《おおだな》に忍び込む技がいる、そこで昔の頭《かしら》を思い出した」

「だが、見つけた宇平は体が不自由で仕事はできそうにない。そこで宇平の最後の竿乗りの弟子、唐吉とさよまで引き込んだか」

「しほが伊香保神社の境内で見かけたとき、田舎周りの芸人一座は盗人の忍び込みの芸を稽古していたのではありますまいか」

「そういうことだぜ、金座裏の」

「旦那、宇平が好きで盗人稼業に戻ったとは思えない、さよの助けを求める手絡もございます。この裏にはなにかが隠されていそうですね」

「そういうことだ」

「よし政次、八百亀、明日から大蛇の豆蔵のことを頭に叩き込んで、木場界隈を当たれ。大蛇という異名をとるところを見ると背中に大蛇の刺青《いれずみ》でも背負っているのかしれねえ、湯屋を当たってみねえ」

と宗五郎が命じて、政次らが畏まった。

富岡八幡宮《とみがおかはちまんぐう》の東側に広がる深川の木場は元禄《げんろく》十六年（一七〇三）に新しく造られた木材の貯蔵場だ。周りを長門《ながと》萩《はぎ》藩の町屋敷などに囲まれて、水路と貯木池が網の目のように広がる新開地である。

南は洲崎《すざき》と海辺《うみべ》新田《しんでん》へつながり、その先は江戸の海だ。

東には萱の原、大名の町屋敷、さらには塩浜《しおはま》町があった。

北側は深川吉永町、久栄町の薄い町並みが広がり、さらに材木置場が広がっていた。

ともかくなにをするにしても水上から動かねば埒《らち》が明かなかった。

寺坂毅一郎からもたらされた情報を基に政次、亮吉、波太郎は猪牙舟で網の目の運河をあちらこちらと回って歩いた。

船頭はむろん彦四郎だ。

塩浜町で一軒の湯屋に飛び込み、大蛇の刺青をした大男が客にいないか問い合わせたが首を横に振られた。

「若親分、あらかた湯屋は回ったぜ」

木場界隈の湯屋はほぼ聞きまわっていたが、当たりがまったくなかった。

亮吉がこれからどうしようという顔で政次に聞いた。

頷いた政次は、

「ざいもくば、おやしき、かやのはら、しおかぜ」

と呟いて考え込んだ。

「亮吉、さよが書き残したのはおそらく一味の隠れ家の場所だ。屋敷や木場ではそうそう盗賊の一味が隠れ家にするところもない」

「考えられそうなところは当たったもんな」

「だが、どこかに見落としがある。奴らは必ず新田の間に残る萱の原と溜まり池のようなところを船で移動しながら暮らしている」

「政次」

彦四郎が艫《とも》から呼びかけた。

「海辺新田、平井新田、砂村新田、大塚新田、十万坪、陸とも水ともつかねえ場所は広すぎて、止《と》め処《ど》もねえぜ。猪牙舟で回って歩くとなると何ヶ月もかかりそうだ」

「親分は湯屋に目をつけなさった。だが、そこはすでに回り尽くした。残るは遊び場か賭《と》場《ば》だ」

「何千両と銭を持っているからな。岡場所ならまず深川界隈なら仲町、新地、表櫓《おもてやぐら》、裏櫓《うらやぐら》、裾継《すそつぎ》、古石場、新石場、佃《つくだ》と八箇所あらあ、どれから当たるね」

亮吉が俄《が》然《ぜん》張り切った。

「亮吉、岡場所がそれだけ多くちゃあ、探りを入れるのに時間がかかる。私は賭場を当たったほうが早道のような気がする」

「賭場か」

賭場に通う銭など持ち合わせのない亮吉が頭を抱えた。

「政次、客の話だがよ、木場の旦那衆や永代寺の生臭坊主を相手に仙台堀亀久橋《かめひさ》近くで大きな賭場が連日連夜開かれるというぜ、覗《のぞ》いてみるか」

「そいつはおもしろそうだ、彦四郎、賭場の場所が分かるか」

「客を案内していった、見当はつかあ」

と答えたときには彦四郎の猪牙舟は堀を、
すいっ
と進み出ていた。

彦四郎のいう賭場は、深川亀久町の川端、仙台堀に突き出すように建てられた水茶屋を借り切って開かれていた。

胴元は深川の岡場所を仕切る表櫓の勘造《かんぞう》だ。

「彦四郎、おまえの客の名はなんだい」

「日本橋魚問屋魚常《うおつね》の若旦那頼次郎《らいじろう》さんだが、名を出すのか」

「一見《いちげん》の遊び客など入れてくれまい。悪いが魚常の若旦那の名を借りよう」

「おめえひとりで潜《もぐ》り込む気か」

「仕方あるまい。亮吉はどう見ても金がある顔はしてないし、波太郎は若すぎる」

政次は絡《から》げた裾《すそ》を下ろして、懐の十手を亮吉に預けた。

「若親分、遊ぶ金がなけりゃあ、賭場には入れねえぜ」

「養母《おっか》さんが財布を持たしてくれなすった」

懐を叩いた政次は鬢《びん》を手で撫《な》で付け、猪牙舟から河岸に上がった。

粋《いき》な黒塀に切り込まれた門前には表櫓の勘造の手下たちが客を待ち受けていた。

「兄い、魚常の頼次郎さんに呼び出されたんだ」

政次は相手の手に一分金を握らせた。

「魚常の若旦那の姿はまだ見えねえぜ」

「ちょいと遅くなるが遊んでいろとの言付《ことづ》けだ」

「ならば二階に上がりねえな」

政次は玄関先で婀娜《あだ》っぽい女将《おかみ》に迎えられ、とんとんと二階の階段を上がった。すると大広間を二つぶち抜いた賭場が立ち、二十数人の客たちが盆茣蓙《ぼんござ》を熱っぽく囲んでいた。

「兄さん、駒が入用かえ」

代貸《だいがし》が政次に声をかけた。

「手解《てほど》きの魚常の若旦那が来るまで見物に回ろう」

「博奕《ばくち》なんてそう難しいこっちゃあないぜ。丁半《ちょうはん》どちらかに賭《か》ければ済むことだ」

代貸に強《し》いられた政次は三両ほどを駒札に変え、

「兄い、こちらへ」

と差された盆茣蓙の端に座った。

客は羽織を着なれた旦那衆と坊主に屋敷の御用人といった風情《ふぜい》の武家だ。政次のような若僧も遊び人風の男もいなかった。

政次は盆茣蓙の端から端まで見回した。

大蛇の豆蔵の姿はどう見てもいそうにない。

がっかりする政次は、

「兄い、ぼうっとしていても博奕にはならないぜ。丁かえ半かえ」

と壺振《つぼふ》りに催促《さいそく》されて、駒札の半分を、

「丁」

に賭けた。即座に、

「丁半駒が揃《そろ》いましてございます」

と気迫の声が響いて、壺振りの手が翻《ひるがえ》った。

「勝負！」

と壺が白い盆茣蓙の上に伏せられた。

息を呑《の》む音が重なり、壺振りの手が上げられた。

「三三《さんさん》の丁！」

よく理屈も分からないうちに政次の前に駒札が倍になって戻ってきた。

政次はひたすら丁目に賭け続けた。

賽《さい》の目《め》の転がりがなぜかぴたりと合い、政次の前に駒札が山積みになった。

賭場が一方的になって白けた。

場を盛り上げるのは壺振りの腕だが、政次のせいにする目付きだ。

「兄い、度胸がいいねえ」

代貸が皮肉を言ったとき、政次の前に大男が悠然と座った。

年の頃は四十前、身の丈は六尺を超え、体も大きい。

「兄さん、ついていなさるね」

と大男が言った。

余裕の笑顔の大きな目玉が政次を見た。が、その目は決して笑ってなどいなかった。

「親分さん、ツキをかえてくれまいか」

と代貸がこびたように新たな客に言った。

政次は、大男のことを、

「大蛇の豆蔵」

だと直感した。

大蛇とは刺青などではなく豆蔵の醸《かも》し出す冷血な雰囲気を言うのではないか。

「兄さんの向こうを張るのは大変そうだが、相手をさせてもらおうか」

政次の丁目、大男の半目の勝負が繰り返され、取ったり取られたりの拮抗《きっこう》した博奕になった。

場に再び活況が戻ってきた。

大男との張り合いの五回目、政次は駒札をそっくり前に出した。

駒札は二百両を十分に超えていた。

大男が小さく呟いた。

「大蛇の怖さをご存じねえか」

それは政次の耳にしっかりと届いた。

やはり、大蛇の豆蔵だ。

豆蔵が政次の駒札に見合う札を置いた。

賭場にぴりっとした緊張が走った。

「勝負！」

壺振りの声が響いて、盆茣蓙の一点に客の視線が集中した。

「一一《ぴんぴん》の丁にございます」

声にならない吐息と嘆声が洩《も》れ、賭場は一瞬弛緩《しかん》した。

「糞《くそ》っ！」

と吐き捨てた豆蔵が、

「今晩はしけのようだ、止めよう」

と盆茣蓙の前から下がった。

政次も、
すいっ

と動きを合わせ、

「遊ばせてもらいました」

と下がった。

「兄さん、勝ち逃げかえ」

「勝負ごとには波がございます。今晩の運は遣《つか》い果たしました」

政次は駒札を変える間も大蛇の豆蔵から目を離さなかった。

「兄さん、五百七十両も懐にして、大丈夫かえ」

銭箱の前にどてらを着て控える表櫓の勘造が政次を脅《おど》すように言った。

「今夜は月明かりにございます。まあ、何事もありますまいよ」

舌打ちした勘造が子分に顎《あご》で命じると、勝ち金が風呂敷に包まれて政次に渡された。

「また遊びに来ます」

政次は茶屋の表口から出ていく豆蔵を追った。

豆蔵は大男に似ず、茶屋の横手の路地の暗がりに溶け込むように姿を没した。

政次も続く。

さらに表櫓の勘造の子分たちが政次の後を追った。さらにその後を亮吉と波太郎が尾行していく。

豆蔵は仙台堀とは並行して流れる南側の堀に架かる永居橋《ながいばし》に舟を待たせているようだ。

豆蔵が後ろを振り見て政次の姿に気付いた。

「おめえは最前《さいぜん》の兄いだな、おれに何の用だ」

「大蛇の豆蔵」

大男が息を飲んだ。が、すぐに笑みを浮かべ、

「御用聞きとは思わなかったぜ」

と言うと平然と片手を懐に突っ込んだ。

そこへ勘造の子分たちが現われた。

「親分、行きなせえ。こやつのいんちき博奕を見逃すわけにはいかないんで」

代貸がその自分たちの行動を正当化して、政次が勝った金子を奪い返そうとした。

その言葉をせせら笑った豆蔵が、

「どうするね、兄い」

と言いかけた。

「表櫓の勘造も汚ねえ手口で儲《もう》けてやがるか」

背後の暗がりから亮吉の声が響き、政次が応じた。

「亮吉、波太郎、橋下に小舟が舫《もや》ってある。ここは構わない、そいつを捕まえろ」

「若親分、合点だ！」

二人がその場を捨てて、橋下へと走り込んだ。

大蛇の豆蔵が動こうとしたとき、勘造の代貸が長脇差《ながわきざし》を抜いて、政次に斬《き》りかかった。

政次は手にしていた小判包みを代貸の鼻面に投げつけた。そいつがものの見事に命中し

た代貸は、

「うっ」

と言うと棒立ちになった。

政次が走り寄り、尻餅《しりもち》をつくように倒れる代貸の手から長脇差を奪い取った。

政次は背中に殺気を感じた。

片膝をその場でつくと奪い取った長脇差を背に回した。

赤坂田町の直心影流《じきしんかげりゅう》神谷丈右衛門門下の逸材が咄嗟《とっさ》に振るった一撃だ。鋭く円弧を描く刃風に大蛇の豆蔵は横手に飛んで避けた。

政次も豆蔵の一撃目を避けた。

政次が立ち上がりながら振り向く。

間合い一間で匕首《あいくち》を構え直そうとする豆蔵と政次は睨み合った。

「大蛇の豆蔵、おめえの非道は金座裏の政次が許さない」

「金座裏の手先だぜ、やばいぜ!」

金座裏と聞いて表櫓の子分たちがその場から逃げ腰になって、走り去った。

河岸には豆蔵と政次が残り、それに意識を失った代貸が転がっていた。

政次は長脇差を片手正眼《せいがん》に置いた。

豆蔵は匕首を逆手に顔の横で構えた。

堀端から、

「彦四郎、その舟を逃すなっ！」

という亮吉の叫び声が響いた。

その瞬間、豆蔵が匕首を閃《ひらめ》かして走った。

政次は不動の姿勢で受けた。

巨体を利して体当たりするように飛び込みながら匕首を振るう大蛇の豆蔵の手首に、政次の長脇差が閃いた。

わあぁっ！

という叫びとともに手首が斬り放されて虚空に飛んだ。

立ち竦《すく》む巨体の首筋に、峰《みね》に返された長脇差が叩き込まれ、豆蔵がその場に崩れ落ちた。

長脇差の刃が折れて飛んだ。

刃物は峰で叩くようには造られていない。それにしても脆《もろ》い長脇差だ。

政次は折れた長脇差を捨て、懐の手拭《てぬぐ》いで豆蔵の肩口を固く縛り、血止めをした。

そこへ独楽鼠の亮吉が走ってきて、

「若親分、二人は捕まえたぜ！」

と報告した。

「亮吉、彦四郎の猪牙舟にこやつを乗せて、南茅場町の大番屋に突っ走らせろ。まず豆蔵の手当てを願って、親分に知らせるんだ」

「合点だ。政次、いや、若親分はどうするね」

「その間に豆蔵の手下から塒《ねぐら》を吐き出させておこう。親分らと落ち合うのは、この橋だ」

政次は豆蔵一味の塒が近くと見て、永居橋を指名した。

「地べたに伸びてやがるのはどうするね」

「放っておけ」

政次は投げ捨てた風呂敷包みを拾って、

「養母《おっか》さんへの土産だ、亮吉」

と投げた。受け止めた亮吉が、
とっとっと、
と後退《あとじさ》りして、

「重いぜ。なんだい、土産たあ」

「博奕で勝った五百六十両さ」

「なんだって、五百六十両も勝ったって！」

「早く行け、亮吉」

「おれ、この金持って逃げたくなったぜ」

亮吉が風呂敷包みをしげしげと眺めて彦四郎を呼びに行った。

終章

鎌倉河岸《かまくらがし》の夕暮れ、清蔵《せいぞう》が落ち着かない様子で店の前をうろうろと行ったり来たりしていた。

「旦那、金座裏《きんざうら》にお迎えに行ったほうが早いと思うがねえ」

豊島屋《としまや》の前で空駕籠《かご》を下ろした兄弟駕籠の弟繁三《しげぞう》にからかわれた。

「わたしゃ、なにも亮吉《りょうきち》なんぞを待っているわけではありませんよ」

「そうかねえ、どう見ても独楽鼠《こまねずみ》の講釈を待っている様子だがね」

「繁三さんにも見透《す》かされていますよ。外は寒いですよ、店の中で待っていても来るときは来ますから」

と小僧の庄太《しょうた》に言われて、清蔵はしぶしぶと中に入った。

半刻《はんとき》（一時間）後、亮吉を先頭に金座裏の若手連中が意気揚々と現れた。最後は常丸《つねまる》と政次《せいじ》が肩を並べて入ってきた。

「おう、ようやく姿を見せたな」

一行が定席に落ち着くと、小僧の庄太が口直しの酒を亮吉に運んできて、亮吉が喉《のど》を潤《うるお》した。

しほは眩《まぶ》しそうに政次を見た。

手先の頃《ころ》の政次とどこか違っていた。

「政次さん、初手柄《てがら》、おめでとう」

「しほちゃん、私だけが働いたわけではないよ」

政次が答えたとき、亮吉が、
えへんえへん
と喉を整え、豊島屋名物の捕り物講談が始まった。

「竿《さお》乗り宇平《うへい》とその一味は、今から十六年前の天明《てんめい》三年（一七八三）の江戸の夏を騒がせた快盗にございます。三件の仕事をお店《たな》のだれにも気付かれず蔵に忍び込んで盗みを働き、鮮《あざ》やかにやり遂げ三千余両の金を盗み出しながら、蔵の有り金そっくりいただくのではなく、お店の商いに差し支《つか》えない金子《きんす》半分を残すという変わり種の盗賊にございました。この宇平、その夏だけ江戸を騒がした後、行方《ゆくえ》をくらましました。くらました理由の一つは手先の大蛇《おろち》の豆蔵《まめぞう》の所業にあったそうな。こやつ、若いが血を見るのが好き、忍び込んだお店の番頭を傷つけやがった。これを知った宇平は豆蔵を一味から放逐《ほうちく》したのでございます。そして、自らは仕事《つとめ》を絶った。

さて時は移り、この冬、回向院《えこういん》裏の大八屋《だいはちや》さんに賊が入りました。蔵にあった金子の半分を盗んでいくやり口、またどこから忍び込んだか、ちょっとでは分からぬその方法、十六年前の再現にございます。

そこで乗り出したのがご存じ金座裏の九代目宗五郎《そうごろう》にございます」

「よう、待ってました！」

と繁三が声をかけた。

どこから持ってきたか亮吉が、腰帯に差していた白扇を抜くと前の卓を、
ぽんぽん
と叩いて景気をつけた。

そこへ当人の宗五郎と八百亀《やおかめ》が顔を出した。

しほが黙って、二人の席を設《しつら》えた。

亮吉は、えへんおほんと時を稼いでいたが、

「宗五郎親分と八百亀の兄さんには快盗とはいえ、竿乗り宇平に苦い思いをさせられた経験がございます。今度ばかりはお縄にという意気込みが密かにございました。

そんな二人に強い援軍が上州《じょうしゅう》は伊香保《いかほ》温泉から吹いてきた。

運んできたのは名物の上州下ろしではございません。

鎌倉河岸は豊島屋の看板娘のしほちゃんが、湯治《とうじ》旅の徒然《つれづれ》に描きためた絵の中にただ今の宇平が活写されていたのでございます。この豊島屋で先ごろまで展示されておりましたから、見た方も多いことでございましょう」

「見たぞ、竿遣《つか》いの頭分だな」

客の中から声がかかり、

「さよう、しほちゃんが偶然にも神社の境内《けいだい》で竿乗りの稽古《けいこ》をする三人を描いていたからこそ、宗五郎親分も八百亀の兄さんも大八屋の仕事は、もしや宇平が江戸に戻ってきたのではと気付いたのでした」

亮吉は間合いをとって再び、

ぽんぽんぽぽーん

と白扇の音を入れ、

「さてここで竿乗り宇平の異名を解明しておきましょうかな」

と一座を見回した。

今宵は清蔵たちばかりか、豊島屋の客が盃《さかずき》を手に聞き入っていた。

「絵をご覧になった方はもはやお分かりとか思いますが、長竿の上に細竿を持って上った一人が竿の先端につけた縄の輪っかを手首にかけて、体の重みを少しずつずらしてまいります。すると竿は大きくしなり、高い塀もなんのその、虚空を金蔵の土蔵窓まで辿《たど》りつくことができるのです。この大技は竿の上に乗る者と竿を肩で支える者との呼吸が大事、いや、長竿の調子をとる者のほうが大変かもしれませぬ。体を不自由にした宇平が最後の弟子にと育てたのが唐吉《とうきち》とさよの兄妹にございました。ですが、宇平はふたりを盗賊にするために芸を教え込んだのではございません、上州から野州《やしゅう》にかけて祭り祭りを追って芸を見せるために仕込んだのです」

「それがまたなんで盗人に逆戻りだ」

　繁三が合の手を入れた。

「よう聞いて下された、お喋《しゃべ》り駕籠の繁三さん」

「ちぇっ、亮吉にからかわれているぜ」

「黙れ、繁三」

　と無口の兄の梅吉が弟を制した。

「宇平には幼馴染《おさななじ》みの女がおりました。だが、不幸なことにその女は他人の嫁になった。宇平が上州の村を出たのはそのときだそうにございます。さて時はめぐり、何十年ぶりに故郷に戻ってみると幼馴染みの女は病に倒れ、嫁入り先から実家に戻されておりました。その女の子供の兄妹が唐吉とさよでした。宇平は好きだった女の子供の面倒を見ようと決心し、体で習い覚えた竿乗りの芸を二人に教え込むことにしたのでございます」

「なんて話ですかねえ」

　清蔵が思わぬ話の展開に呻《うめ》いた。

「さて、ここで宇平の話はいったんおき、その昔、宇平一味から追放された大蛇の豆蔵の話に戻します。豆蔵とは名ばかり、身の丈六尺一寸三分、重さは三十余貫の偉丈夫《いじょうふ》、大力にございます。こやつ、宇平一味を破門され、諸国を流れ流れて、独り働きを続けて参りました。人を殺《あや》めるのなど屁《へ》とも思わぬ人非人《にんぴにん》にございます。独り働きで経験を積み、甲羅《へ》を経た豆蔵は上方《かみがた》を中心に一味を組んで血を見るような急ぎ働きを繰り返してきましたが、いま一度花のお江戸で派手《はで》に暴れてみたいとの野心を燃やして江戸に潜入したのでございます」

「おう、いよいよ大詰めだな」

清蔵が姿勢を正した。

「ですが、江戸は名にしおう大都、将軍様のお膝元《ひざもと》、分限者《ぶげんしゃ》豪商は数多《あまた》ございますが、なかなか店に入り込むのは至難の業でございます。そこで大蛇の豆蔵は昔の宇平の頭《かしら》を思い出し、上州にその姿を見つけて、言葉巧みに近寄り、一度だけ仕事を手伝わせることを約《やく》定《じょう》させたのでございます。

その裏には宇平が思いを寄せる幼馴染みの病がございました、金さえあれば女にちゃんとした医者に見せられる、薬も買うことができる、そんな愚かな考えに宇平は至ったのです。

豆蔵と一度だけ、自分たちのやり口で仕事をする、それが大八屋の仕事にございました。だが、大蛇の豆蔵が一度だけの仕事で諦《あきら》めるものではない、体の不自由な宇平の身を軟禁して、唐吉とさよを狙《ねら》いをつけた店へ忍び込むように脅して、次なる仕事をさせた。それが蔵前《くらまえ》の札差《ふださし》伊勢《いせ》屋《や》のあらっぽい仕事にございました」

亮吉は茶碗酒に手を伸ばして、喉を潤した。

そして、白扇で卓を叩くと新たな調子を入れた。

「石川五右衛門《いしかわごえもん》の、浜の真砂《まさご》は尽きるとも世に盗人の種は尽きまじ、との辞世もなんのその、悪党が横行する世の中にございます。ですが、大江戸八百八町には悪党たちが恐れる金座裏の親分がおられます、かく言う独楽鼠亭亮吉師匠もその手先の一人にございます」

「この期《ご》におよんで宣伝をするねえっ！」

　繁三が怒鳴りつけると、
　にやり
　と笑った亮吉が、

「親分はこの度の一件の探索をわれら若手の手先たちにお任せになられました。九代目に命じられて、探索の指揮をとったのが手先の政次改め、金座裏の若親分政次にございます」

　思わぬ話に政次はびっくりしたが、そのことを承知の客たちは、

「よう、十代目！」

「政次若親分、頑張れ！」

　と合の手を入れた。

「政次若親分は伊勢屋に残された些細《ささい》な痕跡から狙いを深川木場《ふかがわきば》界隈に絞りました。この痕跡というのは北町奉行所《きたまちぶぎょうしょ》でお調べが進んでいるただ今は明かすことはできませぬ。だが、政次若親分は伊勢屋で荒稼ぎした大蛇の豆蔵が賭場《とば》辺りで金を使うと睨《にら》み、木場界隈の賭場の一つ、仙台堀《せんだいぼり》の水茶屋で開かれていた賭場に独り潜入したのでございます。狙いはぴたりと当たり、大蛇の豆蔵が現われました」

「おおっ、来ましたか」

「清蔵の旦那、それもねえ、丁半博奕《ちょうはんばくち》で政次若親分と大蛇の豆蔵はさしの大勝負までやった。大蛇のツキをとことんなくした若親分は、賭場を引き上げる豆蔵を尾《つ》けて、永居橋《ながいばし》で今度は命のやりとりの大勝負だ！」

亮吉は最後の盛り上がりとばかりに白扇で卓を矢継ぎ早に叩いて言った。

「十六年におよぶ血腥《ちなまぐさ》い修羅場《しゅらば》で度胸と腕を磨いた大蛇の豆蔵は懐《ふところ》に呑《の》んだ匕首《あいくち》を抜き差すと逆手に構えたのでございます」

結果は分かっていても、しほは息を飲んだ。

「だが、政次若親分は赤坂田町《あかさかたまち》は直心影流《じきしんかげりゅう》の神谷丈右衛門《かみやじようえもん》先生の下で猛稽古を積んだ猛者《もさ》にございます。賭場を仕切っていた表櫓《おもてやぐら》の勘造《かんぞう》の代貸《だいがし》から奪った長脇差《ながわきざし》を構えると二人は睨《にら》み合った。

一拍後、疾風怒濤《しっぷうどとう》の勢いで大蛇の豆蔵が匕首片手に突っ込んできたり、その刃の切っ先が政次若親分の胸を抉《えぐ》らんとしたその矢先、ぽんぽんぽんぽーんぽんぽん、直心影流の長脇差が鮮《あざ》やかに閃《ひらめ》くと大蛇の手首を刎《は》ね斬《き》ったり！」

「おおっ、やりましたか」

清蔵が思わず叫ぶ。

「立ち竦《すく》む相手の首筋に峰《みね》に返した長脇差を叩きつけて倒した若親分、慌《あわ》てず騒がず、血止めをして、この亮吉に南茅場町《みなみかやばちょう》の大番屋送りを命じたのでございます」

「待て、待ってくれ。講釈師の活躍の場はたったのそれだけか」

繁三がいちゃもんをつけた。

「よう、聞いてくれました、兄弟駕籠」

「ちぇっ、あるならば話せ」

「最後の大団円が残されております。頭分の大蛇の豆蔵は政次若親分の手でお縄になりましたが、一味が残っております。そこには宇平と唐吉、さよが軟禁されております。豆蔵に従っていた二人の手下は、かく言う独楽鼠の亮吉様が……」

「摑《つか》まえたか」

「繁三さん、早まるな。おれは叫んで知らせただけだ。舟で逃げる二人に竿を振るって摑まえたのは、ほれ、そこに鎮座しておられる綱定《つなさだ》の船頭彦四郎《ひこしろう》だ」

「なんだ、また、おめえの出番はなしか」

「最後までお聞きあれ」

と息を整え直した亮吉は茶碗酒で喉を潤し、続けた。

「大蛇の豆蔵一味が潜《ひそ》んでいたのは深川吉永町の広々とした材木置き場に忘れられたようにある職人衆の泊まり屋でございました。迷路のように曲がりくねった水路と材木に囲まれて、とても見つけられるものではございません。

北町奉行所の定廻《じようまわり》同心寺坂《どうしんてらさか》毅一郎《いちろう》様や宗五郎親分の出場を願った大捕り物は、かく言う独楽鼠の亮吉師匠の、北町奉行所と金座裏のお取り締まりだ、大蛇の豆蔵はすでにお縄

になったぜ、てめえらも神妙にお縄につきやがれっ！　の大声であっけなく終わりまして
ございます。むろん、宇平、唐吉、さよは無事に助け出されてございます」

「なにっ、おめえの活躍はそれだけか」

「繁三兄い、血を見ることなくお縄にする、これが捕り物の極意、上々吉《じょうじょうきち》の捕り物だ」

「そんなものかねえ」

　とどこか釈然としない繁三に代わり、清蔵が、

「宗五郎親分、宇平たちはどうなりますかねえ」

　と聞いた。

「宇平は十六年前の一件もある。此度《こたび》も幼馴染みの病の治療費の工面とはいえ、一度は大八屋に忍び込む手伝いをしている。おそらく伝馬町《でんまちょう》送りになってお調べの後、浅草溜めに送られるのでないかねえ」

「体が不自由なものを獄門《ごくもん》にしてもしようがないものねえ」

「唐吉とさよにはお慈悲があろうよ」

　と言った宗五郎が、

「だがな、大蛇の豆蔵らは上方での数々の悪行もある。まず獄門磔《はりつけ》は免《まぬか》れまい」

　と講釈師亮吉を見た。

「お粗末ながら、しほちゃんの伊香保湯治旅の絵に始まります老盗竿乗り宇平ならびに大蛇の豆蔵一味の大捕り物、金座裏の若親分政次の初手柄の一席、これにて読み切りにござ

います」

亮吉が客を見回し、拍手が起こった。

中には繁三のように、

「もうちっと亮吉が活躍するかと思ったがな」

とぼやく声もあった。だが、しほは繁三の言葉を聞いて、

(ほんとうの手柄は、政次さんのことを立ててくれた亮吉さんだわ)

と心から思った。

本書はハルキ文庫の書き下ろし作品です。

時代小説文庫
さ 8-12

下駄《げた》貫《かん》の死《し》 鎌倉《かまくら》河岸《がし》捕物控《とりものひかえ》

著者 佐伯《さえき》泰英《やすひで》

2004年6月18日第 一 刷発行
2008年5月28日第十四刷発行

発行者 大杉明彦

発行所 株式会社 角川春樹事務所
〒101-0051 東京都千代田区神田神保町3-27 二葉第1ビル

電話 03(3263)5247[編集] 03(3263)5881[営業]

印刷・製本 中央精版印刷株式会社

フォーマット・デザイン&シンボルマーク 芦澤泰偉

ISBN4-7584-3108-6 C0193
http://www.kadokawaharuki.co.jp/[営業]
fanmail@kadokawaharuki.co.jp[編集] ご意見・ご感想をお寄せください。

時代小説文庫

佐伯泰英

御金座破り 鎌倉河岸捕物控

書き下ろし

戸田川の渡しで金座の手代・助蔵の斬殺死体が見つかった。小判改鋳に伴う任務に極秘裏に携わっていた助蔵の死によって、新小判の意匠が何者かの手に渡れば、江戸幕府の貨幣制度に危機が——。金座長官・後藤庄三郎から命を受け、捜査に乗り出した金座裏の宗五郎……。鎌倉河岸に繰り広げられる事件の数々と人情模様を描く、好評シリーズ第三弾。

佐伯泰英

暴れ彦四郎 鎌倉河岸捕物控

書き下ろし

亡き両親の故郷である川越に出立することになった豊島屋の看板娘しほ。彼女が乗る船まで見送りに向かった政次、亮吉、彦四郎の三人だったが、その船上には彦四郎を目にして驚きの色を見せる老人の姿があった。やがて彦四郎は謎の刺客集団に襲われることになるのだが……。金座裏の宗五郎親分やその手先たちとともに、彦四郎が自ら事件の探索に乗り出す! 鎌倉河岸捕物控シリーズ第四弾。